河出文庫

# ポリフォニック・イリュージョン

## 飛浩隆初期作品集

飛浩隆



河出書房新社

# ポリフォニック・イリュージョン　目次

## 星窓 Complete Box

BONUS TRACK

# ポリフォニック・イリュージョン　飛浩隆初期作品集

星窓 Complete Box

# ポリフォニック・イリュージョン

　夏向きにかえた白いカーテンのすき間から爽《さわ》やかな光がさしこんできて、ぼくの目《ま》蓋《ぶた》の上に明るい帯をつくった。思わず声が出た。目は覚めていたが、ベッドの寝ごこちがあんまりよかったので、体に残っていたねむけを楽しんでいたのだ。

体を反転させて、枕もとの目覚ましを見た。文字盤のガラスに、ぬけるような青空と目が痛くなりそうなほど白い雲が映っている。八時二十分。いくら日曜とはいえ、ベッドをぬけだすのに早すぎる時間とはいえないようだ。

ハッ！　と、かけ声をかけて毛布を蹴《け》りあげた。白い毛布は薄暗い天井に舞いあがり、ゆっくりと落ちてくる。ぼくはベッドの上ではねあがり床にとび下りると、落ちてきた毛布をつかみ、そのままぶんぶん振り回してもう一度ほうりあげた。五月の第一日曜は、期待どおりの上天気だった。

ぼくは窓にすっとんでいって、白く軽いカーテンを力いっぱい引いた。ざあっという気持ちいい音と同時に、目が眩《くら》むほどの光が視界にあふれた。あんまり広くないぼくの部屋にはもったいないほどの光だ。さっきまで薄暗かった室内は、すみからすみまでまっ白に輝いている。毛布が、ふいに明るくなった世界にとまどったようにおりてきて、ベッドの上でふわっとひらいた。まぶしさに目がチカチカし、緑色の残像が部屋のそこここで踊り出す。

われながら単純だと思うが、ぼくはすっかりうきうきしていた。鉢植えの観葉植物のすらっとした葉を二、三度からかい洗面をすますと、ぼくは食事の用意にとりかかった。今日は麻理《まり》とのデートがあるのだ。腹ごしらえはきちんとしとかなくちゃね。——そうして、壁に貼《は》ってあるノーマン・ロックウェルの「婚姻届け」のポスターにウィンクする。麻理が、自分の二十世紀美術の秘蔵コレクションの中から贈ってくれたものだった。

いい、あたしは慎《しん》が贈ってくれた「婚姻届け」のポスターから目を離して、キッチンに立った。トーストを一枚。スクランブルエッグは卵半個分。生ハムとメロンの冷えたのを少し。それから紅茶を一杯——もちろん、オレンジ・ペコで。

あたしはフライパンにバターを落とし、ケトルを火にかけた。卵を割ってかきまわし、紅茶の罐《かん》のふたをスプーンでこじあけ、温めたティーポットに葉を入れる。冷蔵庫からはハムとメロンを。戸棚からは食器を。——一息入れて、腰を下ろした。頰づえをついて、明るい窓の方を見る。開けはなした窓から、五月の第一日曜に、そしてデートの日にふさわしい風が入ってきた。淡いグリーンの——グリーンの？——カーテンがそよぎ、平和に波うつ。

いい朝だわ。あたしはつぶやいた。——グリーンの？——ほんとにいい朝だわ。

——グリーンの？——かーてんハ先週ノ水曜ニ、夏向キノ白イかーてんニカエタン、、、ジャナカッタカシラ　白イかーてんニ　白イかーてんニ

あたしは、いい匂いをたてて溶けていくバターのはぜる音にわれにかえった。ばかね。何を考えてるのかしら。カーテンをかえたのは慎の部屋。どーかしてるわ、まったく。あたしは、窓から慎の集合住宅ブロックを眺めようと椅子《いす》から立ちあがって——やめた。この部屋からは慎の居住区は見えないのだ。

あたしはといた卵をフライパンに流しこみかきまぜ始めた。慎と最後に会ったのは、先週の月曜の夜に電磁浮揚路をスベッた時だ。あれ以来、逢瀬《おうせ》どころか話さえしていない。今日は、もう、たっぷりとつきあってもらわなくちゃ。卵をかきまわす手が軽快に動く。卵と、バターのいい匂いが、キッチンいっぱいに広がっていく。

——ドリッパーからはコーヒーの匂いがただよってくる。ぶ厚いハムの脂《あぶら》が溶けだした。窓から入ってきた風が白いカーテンをそよがせている。そしてぼくはといえば、

冷蔵庫からクリームのびんを取り出したまま、つっ立って、その風を嗅いでいた。香水の匂いでも牝の体臭でもない麻理の匂いをその風が運んでくれそうな気がしたのだ。が、そのときぼくが嗅ぎとったのは紅茶の香りだった。麻理のお気に入りのオレンジ・ペコ。紅茶は戸棚の中だし、銘柄はダージリンだ。それにここしばらく淹《い》れてない。外からか？　ぼくは部屋を見渡した。その時だ、さっきまでなじみ深く見えていたこの部屋が、ふいに、やけによそよそしく見え始めたのは。

オレンジ・ペコの匂いはすぐに消え、コーヒーの匂いがそれにとってかわった。しかし依然として違和感は消えない。

　ハムが焦げないように火を落としてから、ぼくはもう一度、今度はゆっくりと部屋を見渡した。白を基調にした二間。床を踏みしめるように歩き、手を壁に這わせる。全くいつもと変わりない。天井の発光パネルの向きも、オーディオの配置も、カーテンの淡いグリーンも。でも何かが違っていることが、あたしにはわかる。かすかな違和感。いつものパンに砂が混じっていたときのような感触――

　ケトルが湯気をふきだしていた。あたしは台所に舞い戻り、ポットに湯を注ぎこんだ。湯気と香りが顔をつつむ。あたしは幸福感をとり戻した。われながら単純なものね。

卵を皿にとって食卓にのせた。ハムとメロン。鮮やかな色のコントラスト。それに香り高いコーヒー。ぼくは満足だった。おっと！　こいつらを片付ける前に麻理とコンタクトをとっとかなくちゃな。こないだみたいな待ちぼうけはごめんだ。ぼくは移動ワゴンを呼んで、その上の受話器をとった。

コードナンバーを入力すると、すぐつながった。快い呼び出し音《コール》が鳴る。ひとつ、ふたつ、みっつ、よっつ、出た！

「もしもし？　なんつって。麻理かい？　ぼくだよ、ぼく。慎だ。でさ、待ち合わせの時間のことでちょっと——おい、どうした？　何だまってるんだ。おい、麻理——だろ？　なんかあったのか？　返事ぐらいしろよ。お……あ」

プツリと軽い音がして、向うの受話器が静かにおかれた。電話はきれた。向うはひとことも、そうひとことも口をきかなかった。間違い電話のはずはない、とあたしは思った。てまをはぶくために、あたしたちは短縮コードを使っているのだ。——＊000。間違うわけないわ、こんな数字。

あたしはフックを指で静かにおさえた。かけ直しだ。今度はフル・ナンバーで。一つひとつ、丹念に。やはり電話はすぐにつながった。コール音。ひとつ。ふたつ。出た。

さっきと同じ静寂が回線の向うにあった。完全な沈黙が。あたしは受話器をおいた。チンと軽い音がした。

妙な不安がぼくの中でひろがりはじめていた。この理不尽な状況はまるでよくあるいたずら電話――他人《ひと》に電話をかけておいて何も言わずに切ってしまうあれ――のそっくり逆だ。ぼくは受話器にもう一度手をのばそうとして、引っこめた。そう、恐かったのだ。

イラついたぼくはオーディオのスイッチを入れた。流れだした音はバッハのものだった。いつもなら聞きほれるはずのブロックフレーテのかけあいも、しかし今は味気なかった。それでもいくらか心は和んだ。第三楽章のフーガときたら、やっぱりモーツァルトは天才ね。――あたしはスウィッチを切った。パミーナとパパゲーノの二重唱が、行き先を見失い、すぐに弱々しく消えていった。

あたしは溜息をついて、食卓に色どりよく並べた朝食を眺めた。焼きたてでうまそうだったハムステーキはすっかり冷めてしまっていて、溶けた脂は白くどろりと固まっている。ぼくはそれを二、三度フォークの先でつついてみたが、すぐに嫌気がさし食う気がしなくなったので、フォークを放り出してコーヒーカップに手をのばした。こちらも、冷めきっている。それにもメゲずカップを口に持っていくと、またしてもオレンジ・ペコの匂いがした。かまわず口に含むと、とたんに、たまらなく嫌なにおいが口から鼻にかけてひろがった。あわてて吐き出し、カップをみると、紅茶は毒々しい赤になっていた。どろりとした舌ざわり。生臭さ。血！　細かく砕かれた骨片が白く浮いている。あたしののどがけっと鳴った。ひどい吐きけに、あわてて洗面所に向おうとしたとき、強烈な幻覚があたしを襲った。

——何かが火を吹いた。バランスを失う感覚。歯の浮くような音。耳をふさぎ、目を閉じて絶叫するあたし。

麻理の顔。日本人ばなれした色の白さ。さらさらの茶色っぽいロングヘア。柔かそうな頬。その顔がこちらを向く。澄んだ瞳が。すっきりした鼻が。形よい唇が。そして向う側の半面は、ぐずぐずに焼けただれて——。

気がつくと、ぼくは自分の汚物の中に顔を突っこんだまま、ぶっ倒れていた。吐いた後の寒けにふるえながら立ちあがる。膝ががくがくした。顔を洗って食卓についたが何も食べる気になれなかった。口直しのつもりで無理してクラッカーのかけらを口にしただけだった。だが、それは、メロンの味がした。

あたしは受話器をつかんだ。不安でならなかったのだ。慎はひとまずあと回しにして、親友の弓子《ゆみこ》のナンバーを入れた。無表情なコール。そして受話器をとる音。

「圭《けい》か?」

すがるようなぼくの声にこたえたのはあの静寂だった。向うが圭一《けいいち》の部屋でないことは明らかだった。ぼくは受話器をおいた。これ以上一瞬たりともあの無音に耳を曝《さら》したくなかった。静けさの中のどこかにひそむなにかを全く感じさせない——いや、というよりも、そもそも電話回線の向うにはなにも、全く何ものも存在せず、ただ虚無ばかりがあるのではないかと思わせさえする。全き虚無が。

——何かが火を吹いた。真赤な視界を切り裂く蒼《あお》い光芒。熱い衝撃波。イオンの匂い。上昇感覚。持ち上げられる！　静止。奇妙な静謐《せいひつ》。感覚の反転。落下　閃光《せんこう》　轟音《ごうおん》
「うあっ」ぼくは再び襲いかかった幻覚にしたたか打ちのめされた。体のバランスが崩れ、食卓ごと倒れる。派手な音をたてて、ガラスのテーブルと食器はあたしの下で砕けた——でも、あたしは全く痛みを感じなかった。

あたしははね起きて体を調べた。いたるところが切れ、裂けていたにもかかわらず、血はにじんでさえいなかった。あたしはびっくりして、ばっくり開いた傷口をさらに指で押しひろげた。なんだか可笑《おか》しくなった。あたしの自慢のばら色の肌が、等質のまま続いていたのだ。粘土みたいな質感だった。

——「いかん！」慎の緊迫した声がした。電磁浮揚路の上を時速二百五十キロで滑空する真紅のリニア・カプセルがバランスを失う。何かが火を吹いた。脊椎の砕ける感触。麻理の絶叫。ぐずぐずに焼けただれて。露出した筋がひかって。笑ったように歪《ゆが》んだ口の端から骨片混りの血が。上昇　落下　閃光——

部屋が不定形にゆれうごめいていた。悪夢で見た光景だ。あたしは出口を求めて、

歩きにくい床をけんめいに踏みしめて立ち上った。絨毯《じゅうたん》の毛足が蛇のように足にからみついてくる。麻理が贈ってくれたロックウェルのポスターに目がとまった。印刷物だというのに、それは絵の具が流れ出していて、茶色の縞《しま》模様にしか見えなかった。オーディオのスイッチをひねったが、弱々しいノイズがとぎれとぎれに聞こえてくるだけだった。外れていた受話器から、一瞬、けたたましい笑いがひびき、それがふっつり途絶えると、こそとも音を出さなくなった。あたしはそれを蹴とばした。

コーヒーと紅茶の香りが、バッハとモーツァルトの音が、クラッカーとメロンの味がだぶって感じられた。カーテンは白とグリーンの間でゆらめいている。そして、この形象のせめぎあいの中で、ぼくは呆然《ぼうぜん》と立ちつくしていた。出口がなかったのだ、この部屋には。

まさか。あたしは記憶をまさぐった。どんなに歪もうと、位相的に変わらない限りどこかに出口があるはずだわ。どこかに。この記憶どおりの部屋のどこかに——ぼくは、立ち止まった。違う。違うぞ。違う！　この部屋はぼくの部屋じゃない！

確かにあたしの部屋に似てはいる。そして慎の部屋にも。圭の、弓子の部屋にも。ぼくがこれまで訪れたことのあるどの部屋にも似ている。似ていて、そしてどこかが決定的に違っているのだ。

どこ？　あたしはゆらめき続けるぼくの部屋を見回した。その違いを見極めようとして。そしてあたしの視線がとまった。

——わかった。わかったのだ。

ぼくは窓に駆け寄り、そしてあたしは外を見た。

外は、虚無だった。色彩さえその存在を許されない絶対の虚無の中に、ぼくの部屋はあった。おそらく永劫《えいごう》の昔からそうだったのだろう。迂闊《うかつ》といえば迂闊だった。あたしは目覚めたときから、一度だって外の景色を見ようとしなかったのだから。——そうして、ぼくは知った。理由《わけ》を。ここにこうしている理由を。崩れゆくこの現実の真の意味を。

白い部屋はその役目を果たし終え、崩壊しはじめた。部屋はその〝白〟という色さえ失った。すでに白紙になっていたロックウェルのポスターが枯葉のように壁からはがれて宙を舞い、虚無に帰した。家具も備品も虚無に溶けてゆき、残った部屋の骨組も見る間にその存在を喪失した。そして虚無の無限のひろがりの中にぼくはいた。いえ、この言い方は変ね。虚無に大きさ《サイズ》があるわけないもの。

そして、ぼくのからだも、そのありようを失いはじめていた。毛髪が、表皮が、末《まっ》梢《しょう》神経が、真皮が、眼球が、性器が、脂肪層が、次々と剝《は》がれ落ちるように消えてゆく。同時に、あたしの意識ももろい砂糖菓子のように崩れていった。雑多な情報が、何に変換されることもなく、行き先もないまま、ぼくの記憶から去っていく。なにか、むしょうに寂しかった。

――すでに筋も内臓もなく、脳も骨格もガラスのように透きとおって（といっても、その向うに透けて見えるものなどなかったが）いたが、それでも、かげろうのような意識のゆらぎはかろうじて残っていて、いずれ己れが消えゆく先を直視しようとしている。もちろんそれは徒労だ。虚無は認識の客体にはなり得ない。窓の外に見たはずの虚むは、にん識が欠らくしたことによる代たいてきなにんしきか、さもなくばあるしゅの直かん　ったの　ろう。しかし、だんことしてみつめることをやめなかった。そしてさいごのゆらぎがことばをつむぎだし……

　　ＭＡＲＩＩ……

　　ＳＨＩＮＮ……

……そして　すべてが　きえた……

「完了」

――室内の緊張が一気に緩み、ざわめきともつかぬ空気の微かな動きがひろがった。

処理にあたった人びとの最高責任者とおぼしき初老の男がふりむいて言った。

「成功しましたよ」

溜息が、慎と麻理の遺族の間からもれた。安堵《あんど》と一抹のさびしさを伴った溜息だ。

圭一と弓子の姿も見えた。

「一瞬の惨事でしたから、おふたりが自分の死を認識していない可能性は十分考えられました。あとあと禍根を残さないためにも残存思念の〝浄化〟は必要だったのですが、なにしろ二人分の〝霊〟が混じりあってしまうなどということは前代未聞のことでして」

意識の本質が、特異な性質をもつ粒子の集合——〝霊〟の電気的状態であることは明らかになっていた。したがって霊を構成する粒子の不活性化は意識の死を意味する。通常、霊活動は肉体と同時進行《シンクロ》するが、肉体の死が何らかの理由によって認識できなかった場合、霊の活性状態が継続することも起り得る。この世に魂魄《こんぱく》とどまりて——だ。

普通、残存思念の〝浄化〟は、活性霊子に刺激を与えて、完全に幸福な擬似体験を夢みさせることから始まる。そしてそこから徐々に幸福感を剝奪し自我を崩壊させる過程で、意識は涅槃《ねはん》——精神の熱死、ただし霊は復活可能——に達し、プロセスは完了する。

「それでも意識は二人分別べつに存在しているのです。一つの主観状態に二つ《ふたり》の主観《ひと》を存在させるわけにはいきません。そこでわれわれは、二人の幸福感が最も高いレベルで調和する妥協点を見出し——幸いお二人は恋人同士でしたので、これは容易でした——それを擬似体験として与えたのです。そしてキーワードならぬキー感覚《センス》にスイッチの役を与え、それを使うことによって擬似シチュエーションに二人をかわるがわる登場させることにしたのです。そのうちキー感覚《センス》を使わずに交代しはじめましたがね。更に、二人の現われる情況をわずかに変えました。不安感と不安定性のレベルを上げて崩壊過程の進行を促進したのです」

男は処理ボックスの方に歩きだした。

「私どもの技術用語《テクニカル・ターム》で言わせていただければ、お二人は、きわめて安らかに〝成仏〟なさったはずですよ」

ボックスの扉をひらき、中から〝魂〟を収めた容器を取り出した男は遺族に尋ねた。

「で、どうなさいますか？　この二人分の霊は、量的には分けることができますが、粒子自体の特性に因る質の違いによって分離することはできません。新しい質の魂が二人前できてしまったというところです。ですから、これをお二人のクローンに与えても通常の場合のような効果は望めませんが、そうなさいますか？　それとも自然誕生児のために解放なさいますか？　これを」

「いや、その必要はないのですが」慎の父親がやや気恥ずかしげに言った。「そ、その、もう貰《もら》い手が決まっとりましてな」

「は？　と仰言《おっしゃ》いますと」

「ふたりの子供なんです」麻理の母が答えた。「クローン用の保存核から生殖細胞をつくって受精させることができたものですから。クローンを作るよりこの方がいいという事になりまして」

さすがに男は驚いた様子だった。

「それはそれは。しかし、どなたがお育てになるのですかな？」

男は、ほほえみながら、だれに〝魂〟を渡したものか、といったそぶりを見せた。

「ぼくらです」答えたのは圭一――麻理の兄――だった。彼が前にでると、その後ろから、彼の妻であり、また慎の姉でもある弓子が進み出てきた。

彼女は容器をうけとると、うれしそうに笑いながら言った。

「二卵性双生児《ふたご》になるはずなんです。男の子と女の子の」

男はにっこり笑い、片眉を上げて、これに応えた。

――部屋の開けはなたれた窓から風が入り、カーテンをそよがせる。

容器が、本物の五月の陽の光を浴びて、キラリとひかった。

# 異本：猿の手

# 1

その邸《やしき》の煖炉《だんろ》のある客間は、おだやかな安らぎの中にあった。

部屋の一角に据えられた大型のスピーカーはピアノの音を奏でている。ベーゼンドルファーとおぼしきそのピアノは、あたたかい輝き、ぬくもりのある響きをつくりだしていたし、簡素だが心のこもった旋律もその音に似つかわしかった。

長調の、はれやかな和音が、灯りをおとしたその部屋を満たしている。

——やれやれ、三連敗か。

チェスの駒《こま》を指でもてあそびながら、男は煖炉のあかりを見るともなしに眺めていた。

　パイプの煙がうっすらとひろがり、そのかぐわしい香りが部屋の空気になじみはじめていた。昔ふうの、かまえの大きいマントルピースの中で火はあかあかともえあがり、初老というにはいささか老いすぎたその男の、彫りのふかいがっしりした顔をオレンジ色に照らしだしている。かけ心地のよさそうなアームチェアに身をあずけ、彼はお気に入りのブライヤー・パイプをくわえた。がっしりしたその体格は、どこかカシの古木を連想させる。

　――たまには……

　ふかぶかと煙をすい、ほうっと吐き出すと、頑丈そうな黒ぶち眼鏡の奥で、灰色のひとみがふとなごんだ。

　――たまには、息子に勝ちを譲ってやるのも悪くない。

　悪くない……。口の中でそうつぶやき、彼はそばの長椅子《ながいす》の上にねそべっている息子のほうをチラリと見た。そして、またパイプ。紫煙が、うすく、立ちのぼる。

　戸外《そと》はみぞれまじりの荒れ模様で、氷雨がひっきりなしに窓を叩《たた》いていたが、家の中はしごく快適で、やがて訪れる長い冬のことをいっとき忘れさせるに十分なほどあたたかだった。

「しかし、ふざけた話だったな」

煙を吐くのと同時にそう言って、彼はパイプの柄の方でカードテーブルの上をさした。息子はむくりと起きあがり、にやりと笑ってみせる。とうに父親より大きくなってはいたが、人のよさそうな灰色の目といい、がっしりした肩の線といい、そっくりだ。

息子は太い薪《まき》を持ちあげ、それをほうり投げるようにして、くべた。どさっという音とともに火の粉がまいあがり、大きくなった炎が父親の銀髪に映えた。

「まったくね。なんたって〝猿の手〟のパロディなんだもの」

ぽんぽんと手をはたきながら、彼はカードテーブルにつき、父親の方をむいた。

「――三つの願いをかなえない力を持ってるなんてさ!」

カードテーブルの上、カードやポーカーチップ、灰皿、グラスが散らばる中に、猿の手が無造作にほうり出してあった。

左腕の手首から先の部分。ひからび、ミイラ同然の猿の手だ。毛はつやを失い、ところどころ抜けおちている。長い指はかるく曲げたかたちになっていて、掌《てのひら》などのあらわになった皮膚《ひふ》は、かわききってかさかさになっている。黒い爪にはひびわれているものもあった。死んで、黒くちぢんだ猿の手。無言のままころがっているそれは、今夜の晩餐《ばんさん》をともにした父親の旧友がいわくありげな口上とともに置いていったものだった。

「願いごとをしてもかなわない――っていうんじゃなくて、願ったことは決して実現しないんだってのがしゃれてるじゃない。こんなタイプのマスコットって聞いたことがないでしょ。考えてみりゃあったってよさそうなもんなのにさ。なにしろ猿の手はもう片方あってもおかしくないんだもの。うまい冗談だと思うな。ユーモラスでもあるし」

「何言ってるの！　こんな気味のわるいものの、どこがユーモラスなものですか」

母親が盆の上にティーセットをのせて入ってきたのだった。小柄な、かわいらしいといっても通る女性で夫とは対照的に見えたが、物腰の、老いたものだけが得ることのできる飾りけのない美しさは、どこか似かよっていた。澄んだ緑の目は印象的だったが、今はその目をそむけるようにしながら、彼女は盆をテーブルの上に置いた。

「さ、カップを並べるんですからね。そのいやらしい代物はさっさとどこかへのけてちょうだい。カードやグラスもね……やめなさい！」

息子が猿の手を取り、その指を曲げたり伸ばしたりしてみせたのだ。

「ごめん……」

母親の剣幕にびっくりした息子は、頭をかいた。

「ほんとにもう！」

くすんだ銀のクリーム容れやら、彼女の祖母の代からのポットやらをテーブルに移しながら、母親は文句を並べたてはじめた。「だいたいうちの男どもときたら、揃いもそろってこんな得体の知れないものに限って血道をあげるんですもの。かないませんわよ。こんなものをおよばれの席に持ってくるかたもどうかしてらっしゃるけど、貰《もら》うほうももらうほうなんですからね」

「まあ、そう苛《いじ》めなさんな」

夫人の批難がましい視線を巧妙によけながら、父親が言った。

「おまえはそう言うけれど、こいつはなかなかよくできたジョークだと思うよ。ハーバートの言うとおりにな。……うんそうだ、うまいことを思いついたぞ」

いかにもわざとらしい夫の言葉に胡麻化《ごまか》そうとする気配を感じとり、夫人はうさんくさげに夫を見た。

「ジェイコブズの怪奇小説に〝猿の手〟というのがある。知っとるだろう？　三つの願いをかなえるという猿の手のはなしだ。主人公は冗談まじりに二百ポンドを望む。すると翌日それが手に入るのさ。つとめ先で事故死した息子への見舞金として」

「止《よ》してくださいよ」

「さて、ここにある猿の手はあいつの話によると願いをかなえない力があるらしい。つまり二百ポンドを望んでも手に入らんわけだ。二百ポンドが手に入らないということは――ハーバート、喜べ。おまえは死なずにすむ」

「止してくださいったら」

「あは、そりゃ無茶苦茶でいいや。論理もなんにもないけど、おもしろいよ。でも父さん、二百ポンドはひどいや。自分の息子をそんなに安く見積もらなくたってさ……。うん、そうだな。労災も保険もあることだし、ま、三万ポンドはかたいと思うよ」

「よし、じゃあ一丁、願《がん》をかけてやろう」

「やめて！」

母親がいつになく強い調子でそう言った。

「おやめ、ハーバート。ひとの生き死にを茶化したりするもんじゃありません。――なんですか、あなたもいい齢をして子どもをそそのかしたりするなんて」

ふたりの男は、ちょっとびっくりしたように彼女を見た。

「母さん、なに怒ってるのさ。本気にしなくたっていいだろう。冗談じゃない。それも死なないための。――父さん、かまうこたないさ。やっちゃってよ」

「この不孝ものめ」

無責任な父親はにやにや笑ってそう言うと、母親にむかってこっそりウィンクした。猿の手を取って立ちあがると、その手をたかだかと差しあげ、そして言った、

「〝われに三万ポンドを授けたまえ〟！」

ガ・ガーン！

突如ピアノの音がけたたましく鳴りひびき、ついで青い閃光《せんこう》が部屋の中のすべてを一瞬凍りつかせたかと思うと、

ガラガラガラ・ドーン！

雷鳴が、ほんの三十ヤードのところで落雷でもしたかというほどのすさまじい音をたてた。

息子と母親は思わずひゃっと叫び、小さく腰を浮かした。

雷が呼んだのだろう、遠くから怒濤《どとう》のような音がおどろくほどのはやさで近づいてきた。あられか、おそらくはひょうだろう。その音は邸をふわりと包み、一瞬後、屋根が、壁が、窓框《まどがまち》が騒々しいはじけるような音をたてはじめた。荒あらしい相貌をかいま見せたピアノは、その楽句をしだいになだらかに発展させきらめくブリッジ・パッセージを経て、もとの調に戻った。最初の穏やかな旋律にロココふうの装飾音をつけくわえてゆく。

凍りついていた部屋の空気が緩み、

「冬の雷……か」

息子がため息まじりにそう言って、腰を下ろした。こういうときのひょうの音っていいものなんだな——と彼は思った。騒々しい音は、場合によっては心を鎮《しず》めることもできる。

「いやあ、やっぱり修業が足りんなあ」

彼はにが笑いしつつ、同意を求めるように父親の方を見た。だが父親は自分の手、猿の手を握ったままの自分の手をじっと見つめるばかりだった。やがてピアノのレコードは心なごませるコーダを経て終わったが、誰も裏がえす者のないまま針は最後の溝を削りつづけ、シャッ、シャッ、シャッという乾いた音が規則的にくりかえされた。

「――父さん？」

「……」

「父さん、どうかしたの？」

「……いや」

父親はそう答えながらも、手から目を離そうとしなかった。

「あなた、顔色が悪くてよ。気分でも悪いのじゃなくて？」

「手が……」

父親がぼそりと、ひとりごとのようにつぶやいた。「手が……ねじれた」

「え？　猿の手が⁉」

小説の描写を思い出した息子は、さすがに蒼《あお》くなって立ちあがった。ガタンと音をたてて椅子が倒れ、風が強くなったのかひょうの窓をなぶる音が大きくなった。

「いや……」

父親は息子のほうをむくと、かっと目を見開いた。「わしの手が、さ。――驚いたか、不孝もののめ。母さんをイジめたバツだ」

そう言うと父親はげらげら笑いだした。あっけにとられてぽかんとしていた息子の顔に、やがて血の気とにやにや笑いとが舞い戻った。父親が腕を痛そうにさすっているのに気づいたのだ。どうやら腕を痛めたのは本当らしい。

「は、びっくりさせないでよ、はは。でも父さん、そりゃ齢のせいさ。〝授けたまえッ〟なあんて、急にキバったりするからだよ」

「ぷッ」

してやったりと思っていた父親は、思わぬ逆襲をくわされた上、頼みの綱の夫人までが吹きだすので、居心地わるそうに憮然として腕をさすった。そのようすがなんともまたおかしく、母子はひとしきり笑いころげた。

レコードが裏返され、クリームをたっぷり入れた夫人秘伝のブレンド・ティーがゆきわたったあとは、父親も笑いの輪に入り、もしかすると儂《わし》はもう三万ポンド以上は稼げん身となったのかもしれんぞと二人を脅かしたりした。すると息子は、なあにどっちみち老い先みじかい父さん、一万ポンドだって危いもんだなどと軽口を叩き、椅子の背おおいをふりあげる母親に追いかけまわされるのだった。

いつの間にかひょうはおさまったものの、みぞれまじりの氷雨はあいかわらずだった。しかし、その邸の煖炉のある客間はいつまでもあたたかで、これから訪れる長い冬のことをいっとき忘れさせるに十分だった。

翌日、つとめ先のトイレットで息子は自殺した。カッターナイフで自分の手首を切り裂いたのだった。遺体は家から一時間ばかりの古い墓地に葬られた。

自殺ということで、労災も保険も、

〈ま、三万ポンドはかたいと思うよ〉

おりなかった。

それから、冬がやってきた。

2

うす汚い洗面台——栓をした洗面台に腕がつっこんである。カッターナイフの薄い刃が、すうっと手首をすべっていく。何度も、何度も。傷は、ごく細い間隔をおいて平行につくられていく。何本も、何本も。

叫び。

やがて、びらびらのべろべろになってしまう手首。どっくん、どっくん。血がびらびらでべろべろの手首からどっくんどっくんと流れ出して洗面台に溜まってゆき、すぐにいっぱいになってふちからあふれでてくる。はじめはほそく引いた血の糸がやがて幅広の帯となってわしのほうへおしよせてくるのだ。

叫び！——嬉しそうな、感きわまった叫び。

凍《い》てつく冬の夜、老人はその叫びで睡《ねむ》りから引きずり出された。ベッドの上で身を起こし、となりを見ると夫人の寝床はもぬけのからだった。肩がしんしんと寒い。階段を誰かがかけあがってくる音がし、夫妻の寝室のドアが大きな音とともにあけはなたれた。老人は枕もとの眼鏡をとりスタンドをつけた。ぼんやりした光が照らしだしたのは、夫人のすがただった。

階段をかけあがったのがこたえたのか、はあはあと肩で息をしている。だが、スタンドの弱い光にうかびあがった夫人の顔は、血の気こそ失せてはいたが、生気にみちあふれていた。キラキラと、まるで少女のそれのように輝く彼女の目を見て、老人は訝《いぶか》しんだ。ひとり息子をひと月まえに失って以来、夫人の瞳にはついぞこうした光があらわれることはなかったのだ。

今でも二人にとってあのことははなはだ現実味を欠いていて、明日にでもひょっこり倅《せがれ》が帰ってくるようにしか思われないのだが、にもかかわらず、おそろしいほどの寂寥《せきりょう》が、日を追うごとに二人をしめつける力を増していた。そこへもってきて、とても普通とは思えないこの夫人のようすだ。老人は心臓をかみそりで薄切りにされるような気がした。——びらびらに、もしくはべろべろにだ……待て、何をつまらないことを考えているんだ。

老人は顔をしかめた。息子の死についていろいろ聞かされたことがよほどこたえたのか、彼はそのことをひっきりなしに夢で見ていた。今夜の夢も、トイレットの洗面台を血まみれにして死んだという事実が濃密に反映されていた。苦いつばがわいてくる。

「まあ、むずかしい顔をなさって」

ベッドに歩みよった夫人はからかうようにそう言って、若い娘のようにくすくすと笑った。がっくりと老けこんでいたその顔のあちこちから、どこに残っていたのかと驚くほどのみずみずしい喜びがあふれ出し、それは彼女の顔のこけた頰や深くなった皺《しわ》、醜いしみを覆いかくさんばかりになった。——してみると、あの叫びが嬉《うれ》しげに聞こえたのは、ほんとうのことだったのだ。それでは、やはり……。

「あら、大丈夫よ。わたくし、べつに気がふれたわけじゃありませんもの。変なお顔」

そこでまた夫人は、コロコロと笑った。老人は呆《あき》れたように彼女を見つめるだけだった。

「ああ可笑《おか》しい。——ね、あなた。あたくしたちって何ておばかさんだったんでしょう。ねえ？」

「あ……ああ？」

「〝ああ〟じゃありませんわ！」夫人は笑いをかみ殺して、怒った顔をしてみせた。「あなた聞いてくださいな。あたくし、思い出したんですの。思い出したんですのよ！」

彼女は自分の顔を夫に近づけ、その目を覗《のぞ》きこむようにして言った。

「——まだ、残ってましたの」

「なにが？」

「なにがって——ほほほ！　猿の手ですわ。他に何があって？　あの猿の手には三つ願えるのでしょう？　あとふたあつ、ちゃあんと残ってたんです。ああ、ほんとうにすぐお願いすればよかったわ。そうすれば、その日のうちにもあの子は帰ってきたでしょうにね。さ、あなた。猿の手に、はやく」

「ば、ばかを言うな。落ちつかんか」老人は不自然なほど強い語調で言いはなち、毛布をはねとばした。声は強かったが、のどの奥がかすかに震えた。

「いいか、わしはあのあと何度もおまえに言いきかせてやったはずだ。あんなくだらんまじないの品なんぞには、わしらの息子の髪一本どうする力だってないんだとな。おまえがわしを責めるたびにだ。……とにかく、あれはただのうす汚いマスコットにすぎん。どこやらの猿の手で、それ以上でもそれ以下でもない。ただそれだけのことだ。あの子がどんな理由であんなことをしたのかわしには皆目見当もつかんが、これだけはわかる。このことがあの手と何の関係もないことは、小説の方の手と何の関係もないのと同じ……」

「嘘です」

夫人はこともなげにそう言った。確信にみちたそのひとことは、夫がならべたてたすべてのことばを静かにくつがえした。老人は言葉を失った。「現にあんなことがあった次の日にハーバートは死んでしまったじゃありませんか。そうですとも、あなたの言うとおりだわ。あたくしたちには自殺のわけは見当もつかなかった。あたりまえです。わけなんかなかったのよ。事故なら偶然かもしれない。でもハーバートは違った。あの子は猿の手に殺されたのよ。——それともあなた、もしかしてハーバートなんかは冷たい土のベッドで十分だ、とでも？」

「そんなことはない」

「でしたら——」

夫人の顔いっぱいに、会心の笑みがひろがった。おかしなことに、老人は〝はめられた〟と感じた。おかしなことに。

「さあ、お願いしますわ。願う資格があるのは、あなたですもの。今、階下《した》から持ってまいりましたのよ」

得意そうに、彼女はそれを差しだした。スタンドの頼りない光が、その表面にからみあう影を描き出していた。

老人ののどがごくり、と鳴り、

「ふん、とんだ座興だ」

彼はそれをうけとった。

うけとりながら、理由《わけ》もない期待に胸踊らせている妻の目を見たとき、彼の頭にある考えがひらめいた。それをさとられぬよう、老人はつとめて淡々とことを運んだ。ベッドから出、猿の手を高くかかげ、そして彼は言った。

「〝願わくは、わが息子をよみがえらせたまえ〟」

またしても手のねじれる痛みに、彼は猿の手をとりおとしたが、それにはおかまいなしに、老人は妻の顔をうかがった。

ほほえんでいた。

――しめた。老人はいくばくかのうしろめたさとともに、そう思った。彼の思惑どおりだった。夫人は猿の手の魔性に固執するあまり、その特徴を忘れている。かなえる力があるような錯覚に陥っているのだ。ばかだな、その逆なのに——と、そこまで考えて、老人は自分までもが猿の手の魔力を信じかけているのに気がついた。

——ばかばかしい、なんてことだ。

しかし、そう思いながらも、彼は自分がほっとしたことは認めざるを得なかった。いいかい、よみがえらせたまえ

そう願ったからには、息子が朽ちはじめた棺《ひつぎ》の中で起きあがることはあるまい。あの三万ポンドだって、少くとも手には入らなかったのだしな。

老人は肩先の寒さにわれにかえった。ガウンを羽織り、部屋のあかりをつけ、それから力がぬけたようになった妻のために紅茶の仕度にとりかかった。ティーセットを盆にのせて寝室にもどってみると、彼女はこちらに背をむけて、ベッドのふちにちょこんと腰かけていた。その、年老いた、肉のうすい背中が痛々しかった。

ガウンをかけてやり、よくねむれるようにラム——彼女のひそかな好みだった——を少し多めにおとしたのを手に持たせ、そしてそのとなりに腰を下ろした。

明るい光の下では、さっきまでの不気味さがうそのようだった。彼は自分のカップを口に運んだ。ジャスミンの香る湯気で、眼鏡がくもった。あたたかい湯気。

ふいに、彼は倅の声を思い出した。

涙が、出そうになった。

3

小一時間もたったころ、戸外《そと》に人の気配が感じられた。

十数人……数十人……。

いや、もう少し多いかもしれない。

珍しく雪のない冬だったが、そのかわり寒さはただごとならぬきびしさで、空気さえもがこわばりそうな夜ごとの冷えこみである。村の集落からすこし離れたこの邸は、まわりにあるのは荒れた空地とわずかばかりの畑ということもあって、夜中に近くを人が通ることはほとんど無い。

凍りついた道路を、大勢の人びとが足をひきずるようにしてあるく、そのざらついた、ささくれだった音が、ひえきった空気を通して、妙に耳に障《さわ》る。

突然、夫人が顔をかがやかせた。

「あなた、ハーバートよ！　聞こえて？　ほら、ハーバートが帰ってきましたわ」

事実、足音は邸に近づきつつあるように思えた。

「な、なにを言う。ハーバートのわけがあるか。ひとりの足音ではないだろう。どこか、よその人だよ」

「ああら、そんなこと」彼女は笑った。「そりゃそうですわ。ハーバートは、むかしからお友だちを家に連れてくるのが好きな子でしたもの」

なにを言ってるんだ――そう笑いながらも、老人のおののく胸は不吉な影に圧《お》し潰される寸前だった。

大丈夫だとも。いいいいい、よみがえらせたまえ――確かにわしはそう言ったのだからな。三万ポンドだってもらえなかったじゃないか。あれは願いをかなえない力を持っているのだ。ハーバートは帰らない。その代償として何が失われようとハーバートは帰ってこない。間違いないのだ。

玄関のノッカーが鳴った。

「ほらごらんなさい、ハーバートじゃないの」老妻はいそいそと立ちあがった。「さ、あなたも出てやってくださいな。ひと月ぶりじゃないの」

大丈夫だとも。

ハーバートは死んだ。死んで冷たくなっているのだ。その手首をずたずたに――び、らびらにべろべろに――切りさいて。

大丈夫だとも。

よみがえらせたまえ――わしはまちがいなくそう言ったのだ。あのときもわしの手はねじれたぞ。そうとも、わしはちゃんと言ったのだ。よみがえらせたまえ、と。

両手をかたくもみしぼりながら、老人は一心不乱にそのことだけを執拗に頭の中でくり返しつづけた。しだいに大きくなってゆくそれらのことばは彼の中で幾度もこだまし、やがてほとんど絶叫に近くなっていった。

大丈夫だとも！

よみがえらせたまえ――！　そう言ったからには息子はよみがえらない。何を心配している？　ハーバートは死んだままだ。土の下で安らかにねむりつづけるのだ。そうだ――

ハーバートだけは。

老人の血が凍った。

ふたたびノッカーが鳴った。

と、同時に、もう一人が脇のほうからドアを直接ノックした。軽い、なにか木切れかそれとも――のようなもので。――骨。

「なにをぐずぐずしてらっしゃるの。みなさんをお迎えしなくては」

夫人は歩みだした。

「だ、だめだッ！」

しびれた思考の下で、老人は半ば反射的に叫んでいた。

「どおして？」

ふりむいてそう言った妻の口調は、あどけない、むじゃきなものだった。夫の制止のわけを素直に問うたものだった。

ビー玉の瞳。

老人ののどはなにかにからまったように動かなくなった。思考がうつろなあ、なにはまって、からまわりした。混沌《こんとん》がおそいかかり、なにがどうなっているのかをすべて見失った。夫人の問いに対する言葉をすべて失った。

――ほんとうに〝どおして〟〝だめ〟なのだ？

わからないぞ……わしにはわからない！

**三たびノッカーが鳴った。**

そして、それをきっかけに戸外《そと》のものたちが一斉にドアを叩きはじめた。邸をとりかこみ、はいのぼり、屋根を、壁を、窓を打ち、叩き、ゆさぶった。骨の掌が、腐肉の掌が、古ぼけた邸を打ち鳴らした。

「はいはい、今あけますったら。ほんとににぎやかなかたたちねえ」

夫人は夫をほったらかし、スカートを軽くつまみあげると、そのまま歩み去った。

うろのきた老人は、おろおろと立ちつくすばかりだった。今やあたりは轟音《ごうおん》につつまれていた。ごうごう、みしみしと家は鳴り、揺れ、足元さえおぼつかない。階下《した》の方では、壁の漆喰《しっくい》が砕け、窓がびりびりとふるえ、羽目板がきしみをあげる音がひっきりなしに聞こえていた。

——ああ、わしの家がびらびらのべろべろになってゆく……。呆《ほう》けた頭で彼はそう考えていた。胸の中で渦まき渦まき渦まく得体の知れぬ思いのその理由を忘れはて、ただそのゆえなき思いに苦しみ、それをもてあました。

はじめは細くひいた血の糸がやがて幅広の帯となってわしのほうへおしよせてくるのだ。

い、い、い、い、おしよせてくるのだ！

そして彼は外のものたちの無言の叫びを聞いた。

い、い、い、い、叫び！——嬉しそうな、感きわまった叫びを。

——ああ、なにがわしの心をこんなにも嘖《さいな》むのだ！

焦点の定まらぬ目で、救いをもとめるように、彼はうろうろとあたりを見回した。

見回した。見回して——

どすん！

大きなゆれにバランスを失い、はいつくばった彼の鼻先に、それはころがっていた。

猿の手は。

一瞬にして、すべてが老人の心によみがえった。それが呼びさました奇怪な想念が
彼のなかで急速にふくれあがり、何かを決定的に破壊した。

「うおおおおおおおおおおおおおお――――っ」

彼は猿の手にとびつき、膝立ちで身を起こした。そして彼の正気の最後の残り滓《かす》が、
老人に三つめの願いを口ばしらせた。

「どうか、どうか奴らが家の中に入ってきますように！」

彼は猿の手の特徴を忘れてはいなかった。


月あかりの中、かれらは立ちつくしていた。

彼らの目の前、今まで古びた邸のあったところには、今や何も存在していなかった。

それは、もうこの宇宙のどこにもありはしないのだ。

喪《うしな》われた存在の跡の真空《あな》をうめる風がゴウ、と吹き――

そして彼らは少し離れた村の集落めざして歩きはじめた。

そのなつかしい灯りをたよりに。

W・W・ジェイコブズ作「猿の手」につきましては創元推理文庫『怪奇小説傑作集I』所収の平井呈一氏の訳によるものを参考にさせていただきました。御礼申しあげます。（作者）

# 地球の裔《すえ》

# 1

最後のポートフォリオを棚におさめ終えると、ドクタ・セキはふっと息をぬいて肩をすくめた。かれがきちんと整理された資料類を眺めるのは、まったく久しぶりのことだったのだ。かっちりと揃えられたディスクホルダーの背やゴミの落ちていない床を、かれは何かふしぎなものでも見るように見わたし、苦わらいして白髪頭を掻《か》いた。

身のまわりの整理ということにかけては、セキは負の天才だった。かつて住宅事情が極端に悪かったころ、かれは友人の個室《コンパートメント》にころがりこんでいたことがある。その友人は言ったものだ。

「おまえが部屋の真ん中でじっと座っている。それだけで散らかっていくような気がする。なぜだろう？」

セキは笑いながら首を振った。

「知らんね」

そのセキが誰にも強要されずに自分の教官室の整理にかかるというのは、かれの長い講師生活をつうじてもかなり異例なことがらに属した。散らかり放題の中から目あてのものを見つけることにかけてもセキは天才だったから、有能な助手のフレドリカが結婚を機会にやめてからというもの、ろくに片づけひとつやらなかったのだ。四カ月は、いささか長すぎた。

セキ老は、その飄然《ひょうぜん》とした顔をほころばせ、満足そうに口をすぼめた。人の誘いをすべて断わり、午後をまるまるつぶしたのは、やはり正解だったようだ。

ひとりでにこにこ笑いながら、セキは奥の部屋に入っていった。いくらか狭いこちらの部屋の中は、地震のあともかくやと思わせるほど散らかっていた。「片づけよう」との意思が介在した痕跡は、まるでない。

続き部屋のこちら側をセキは完全に私物化し、一切の公的な仕事を持ちこまなかった。むろんそれは許しがたい贅沢であり、おそらくは〝ビッグ・ブレザレン〟の意思に反することだ。教授会もこの件について何度か遠回しの勧告をしていたが、しかしその頼りなげな外見とは裏腹に、セキはこの問題に限っては一歩も譲ろうとしなかった。もっとも社会プログラムメソッドの権威としての輝かしい業績や、この惑星の統治構造プランナーである名声を考えれば、このひと部屋はあまりにもささやかな代償でしかなく、セキにそれ以上無理強いするものなど、いはしなかった。

情報ネットワークの端末装置が組みこまれたデスクに歩みより、セキはその鶴のように痩せた（これもすでに死語だった）体を椅子《いす》の上に乗せた。デスクを、大いなる混沌《こんとん》が支配している。積みあげられ、崩れたうえにまた積みあげられたプリントアウトの山。メモ。ディスク。資料。その、はた目には何がなにやら見当もつかないアナーキーな堆積の中から、かれは造作もなく一枚の通知をとりあげた。電力の特別供給要求に対するエネルギー管制局からの回答だ。それを上着のポケットに突っこむと、右腕をぐっと伸ばし、それでデスクの上をなぎはらった。右半分の混沌があっさりと消え去り、その代わり床の目に見える部分がまた少し減った。そのどちらも大したことではないとでもいうように、セキはほほえみ、ディスクホルダーの下になっていた操作キーに触れた。室内のコンピュータを都市のネットワークにリンクし、そのメモリーを、かれの集合居住区の自室に移しかえるのだ。

それが終わると立ちあがり、最後にひとわたり部屋を見わたすと灯りを消して、もとの部屋に戻った。事務室をAフォンで呼び出して管理官にいくつかのことを告げる。

整理された資料類の引きとり手の名と識別コード、引きとりの日時のこと。私物化していた部屋の中のものは当初からの備品をのぞき、すべて勝手に処分してかまわないこと。そういったことだった。

そうして、セキは部屋を出た。

退官の日は、終わろうとしている。

蒼《あお》い闇が宵の空を徐々におおい、ひとつふたつと星が瞬《またた》きはじめていた。地平線から昇ってきたふたつめの月の面《おもて》を、風にふきはらわれた雲がかすめていく。既にもう一つの月は中天高くかかっていた。

大小ふたつの銀の盆のような月。その冴えざえとした光が照らし出しているのは、しかし、灰色にしずむ都市の巨体だった。陸地の六〇・三パーセント、海面の二二パーセントをおおう、この惑星最大にして唯一の都市。ざっと四百億という桁《けた》はずれの人口を養うために、そこには木一本生える余地すら残されていない。原産の生物は存在せず、果たして根づくかどうかさえふたしかな地球産の植物は、現況のもとではあまりに非生産的、非効率的なものでしかなかった。〝ビッグ・ブレザレン〟の用意してくれたこの都市は、人間を中心に据えた一種の生態系機械であり、植物は必要不可欠ではなかったのだ。そして人間以外の動物も。

生気のない色をした市街が、見わたす限りの地表を覆って地衣のごとくのっぺりと横たわっている。その巨大な鈍色《にびいろ》のひろがりは、途方もない沈澱《ちんでん》のようにさえ、見えた。

C-西30区、一四〇六六集合居住区のだだっぴろい屋上。その片隅に立ち、ドクタ・セキは暮れゆく空とむかいあっていた。吹きっさらしのため、強い風が、とがったあごの先の灰色の山羊《やぎ》ひげをそよがせている。しかしその風も——いや、大気の組成までもがこの都市の、つまりは〝ビッグ・ブレザレン〟の管理のもとにある。ひよわな人間どもをどうにかして生かし続けるための厳重な調整のもとに。

この都市《ほし》は、まさしく一個の巨大な宇宙服なのだった。

それにしても管理官たちを説得するまでの苦労ときたら——！　セキはエネルギー管制局の西支局でムキになって怒鳴りちらしたのを思い出してにが笑いした。わずか一時間ばかりの電力供給がどんなに大変なことであるかは、むろんセキも承知していた。なにしろここでは〝余っているのは人間だけ〟なのだ。いかにセキであろうと、おかれている状況には変わりはない。

それに加えて、電力の配分は〝都市〟そのものの権限下にあった。この都市は全自動生命維持装置であり、空気、水、電力、食糧などの生活物資の流通管理は、あらかじめ定められた年度プログラムに沿って人間の手を介さずに実行される。修正は可能だが、不正を防ぐためかなりこみいった手順が要求された。――すべて、セキの創案だ。

管理官は電力の捻出にさぞかし往生したことだろう。だが、一時間はやはり一時間でしかなく、それはセキにとってはあまりに貧弱な猶予だったのだ。

いい、べらぼうめ！

管理官と、かれらを支える都市《システム》――つまりはセキの傑作――にむかって頭の中でさんざん悪態をつくと、セキはけろりとした顔に戻り大きくのびをした。かれの脇には苦心のすえ図書館から借り出してきた装置が、どっかりと据えてある。すでにセキの自室のコンピュータに接続されてはいたが、電力供給の時刻まではまだ間があったので、操作パネルの発光素子は暗く沈黙したままだった。

「五十年か……」

セキは述懐するように、そうひとりごちた。その口調はすこしも年寄りくさくなかったが、古風な細いフレームのメガネの奥に、かすかに翳《かげ》がしのび寄っているように見えなくもない。

――トン……。

その音にセキが顔をあげると、リフトの扉が開き階下の住人たちが姿を見せたところだった。四、五人足らずだ。かれの顔見知りもいた。セキの招待した客たちだ。もっとも、案内状は手あたりしだいにバラまいてあったのだが。

「ヨー!」

かくしゃくと呼ぶのもためらわれるほど若々しい声をあげて、セキはにやっと笑った。愛敬のある皺《しわ》で顔がくしゃくしゃになる。手をひとつ、大きく振ると、大またですたすたと知人の方へ歩み寄り、握手を求めた。

「ありがとう、よく来てくれた。嬉《うれ》しいな」

「い、いやあ……」

まだ若いその男は、セキのはつらつとした喜びように、かえってびっくりしたらしかった。頬にちょっぴり赤味がさす。

「いや、なんか、そんなふうに言われると参っちまいますよ……ええと」言葉に詰まってかれは自分の足元を見たりしていたが、ふいにホッとしたように笑い、

「ほら、ごあいさつしなさい」

そう言って、手をつないでいた幼い娘をうながした。少女は父親のセーターの裾《すそ》をつかんでセキを見上げていた。長い髪につやはなく、それがセキの胸を痛めたが、まるい、すてきな目をしていた。セキはしゃがんで、その子の頭をなでた。

「や、こんばんは……あー」

「キャサリン。キャシーでいいのよ」

「──キャシー。ブルーの目がいいね」

「ありがとう。あたしも好きなの。ね、おじさんがパパの先生だったひと？」

「おじさんとは嬉しいね。そうだとも」

「そう？」キャシーは目をみはると、父親の方をちらと見て、ひそめたつもりの小さな声でこう言った。

「ね、パパのできはどうだったのかしら？」

「フは！　おいスティーヴ、こりゃどう答えたもんかな」

「あん、だめだったら」

「こら、いいかげんにしないか。すみません、先生。こいつ誰に似たのか口だけは達者で」

「ハ、君の口べたな分を補ってくれているわけか。頼もしいね」笑いながらセキは立ちあがった。のっぽのセキは、スティーヴより優に頭ひとつぶん高い。「確かこの子は六世代目だったね」

「ええ、ずいぶん増えてきましたよ、六世代目も。ぼくらじゃどうやら力不足らしいけど、この子たちならなんとかイケるんじゃないかって──たぶん親バカなんでしょうけど」

「そのかれらを育ててやるのが君らの役目さ。頼むよ」

われながら歯の浮くようなセリフだなと思いつつ、それでもセキはそう言った。言わねばならないことだったからだ。だが、やはりわれわれは〝ビッグ・ブレザレン〟の身にあまる期待には応えられそうもない——そんな内心の声を抑えこむのにセキは苦労した。

「ええ、まあ頑張りたいのは山々ですけど」

「なんだ頼りないな。キャシー、楽しんでお帰り。お父さんをよろしく頼むね」

「はあい」

セキはスティーヴ親子から離れ、屋上に集まった人びとを眺めわたした。四十人近くになっている。セキと目が合った者たちは、あるいは軽く黙礼し、あるいは笑いかけてきた。べつにパーティーというわけではないので——さしものセキも食品にまでは手が回らなかった——ホストの役目は軽く、セキはサーヴィスをさぼって、人と人との間をすり抜けて歩くことを楽しんだ。暮れゆく空の下で寒風にさらされながらも、人びとは華やいだ表情をうかべていた。今夜の催しにある種のひけめとためらいを感じていたセキにとって、それはいくらか救いになった。

かれらは——キャシーもスティーヴも、そしてもちろんセキも、この惑星の住人は、すべて難民の子、百年前に太陽系を命からがら逃げてきた人類の子孫だった。開発途上の超空間駆動システムの実験は、その時空ひずみ点を太陽面のやや内側に結んでしまった。無力化した太陽重力の軛《くびき》からプラズマが解きはなたれ、ダイソン・ネットワークがずたずたにされた。反重力効果はすぐに消滅したが、空前の規模で表面活動が活発化しはじめたのだ。

こうして破滅の淵に立たされた人類の前に、デウス・エクス・マキナのごとく現われた異邦の救済者、それが〝ビッグ・ブレザレン〟だった。銀河知性体の保護と育成、可能性管理を目的とするかれらは、自分たちのことを「兄弟《ブレザレン》」と呼んでくれ、と言ったが、どちらかといえばむしろ「裕福な叔父」といったところだった。親を失った前途ある少年を全寮制の学校に進学させてくれるような叔父だ。もっとも、かれらが用意してくれたのはひとつの恒星系《システム》だったし、少年はとんだボンクラだったけれども。

「ワッ！」

とつぜん背中をどやしつけられて、セキは心臓が三十センチもとびあがったような気がした。

「せんせ、ごきげんいかが？」

「とと、誰かと思えばフレディかい。おどかしっこはなしにしてくれよ。わしを殺せば偉大な損失だ。後悔するぞ」

「なあに言ってんの。今日で二度の引退をしたんでしょ。どっから見たって立派な隠居じゃない」

からからとフレドリカは笑った。背が高く、セキの目のすぐ下まである。ラテン系の、目鼻立ちのはっきりした顔だ。まっすぐな長い髪とふっくらした二重あごは前とすこしも変わらない。久しぶりに会ったもと助手は、以前同様の陽気さだった。

「ねえ、眉間に皺寄せて何を考えこんでたの？　老後の生活設計、とか？」

「はは、は」

さすがのセキもたじたじの態だった。だが、たしかに、実務的研究家から教官生活を経た今、セキは隠居するには手頃な時期だった。なにしろ八十近い。

「で、今日は？」

「それよ。――ねえ、せんせの部屋のどこかに招待状が一通埋もれてるんじゃないかしら。あたしの予想だと、今夜あれを披露するんだと思うんだけど」

「それは正しい」

「他のことならともかく、あれにはあたしだってずいぶんと苦労させられたわ。それも職務行為外でよ。なのに電話ひとつ入れないなんて、ずいぶんだと思うわ」

「現にこうして来てくれたじゃないか。たぶん来るなと言っても押しかけてきただろう――わしの個人的予測だがね」

「それは正しい」

二人は同時に吹きだし、しばらく笑った。人を避けて屋上の隅へ行き、ならんでフエンスにもたれかかった。

「ご主人は？」

「旦那？　来てるわよ。あっちで友人とよろしくやってるわ」

「そう……」

どちらからともなく会話がとぎれ、そのままになった。フェンスを風がふき抜け、セキのひげとフレドリカの髪をなぶっていった。

「すまなかったね」

前を向いたまま、消え入りそうな声でセキは呟《つぶや》いた。照れやのかれにしてみれば、それで精いっぱいなのだった。

「謝まることないわよ、あたしを振ったくらいでさ。今頃返事をくれるってのも、せんせらしくて良《い》いけど」

「うむ」

セキは頭を掻いて、へんな笑い顔をつくった。照れかくしと、フレドリカへの感謝の念がないまぜになった笑いだった。

フレディは、その情熱的な容貌や元気のいい口調に似合わず、控えめな愛しかたしかできない女性だということはセキにもわかっていた。だから彼女の思いを無下にはねのけることはできず、かといって受け入れるのは正直なところ苦痛でしかなかった。

それは好意の度合いとは全く別の次元でだったが、所詮セキも老人だったということなのだろう。

「いけない、忘れてたわ。はい！」

フレディはセキに合成肉のパックと酒を押しつけた。目をまるくしたセキに彼女は言った。

「さしいれなの。すこしは太らなきゃ。みばが悪いわ」

「なるほどね」と、言って、セキは彼女のウインクに応えた。「それは正しい」

「残りを他のひとに配らなくちゃなんないから。成功するといいわね。じゃ……」にこっと笑い「……またね」

やれやれ——セキは頭を掻いてフレディを見送った。かなわんな、貫禄まけだ。それに、なんによらず物資を調達してくるあの才覚！　それがあれのためにどんなに役立ったことか。

　セキは肉と酒の重みを確かめるように胸にかかえこむと、装置の方へぶらつきはじめた。供給まであと十分足らずだった。ますます増えつつある人びとの間をぬって、歩く。気の早いものがいて、待ちきれずにフレディが配ったカップワインの封を切ったりしていた。騒々しいわけではないが、冷たい風にもかかわらず、ほのかな熱気、ひそやかな昂奮とでも言うべきなにかが静かにひろがっていた。

むろんセキには知るよしもなかったが、屋上に集《つど》う人びとのこうした姿には、どこかしら、かつての地球上で劇場のロビーに集まり開幕を待ちながら談笑していた人びと――あのなつかしい過去を思わせるところがあった。かれらはみな一様に快い昂奮に身をひたしていた。頬を上気させた者さえいた。

ふん、とセキは自嘲的にわらった。

そして、フレディにお菓子をもらって大喜びのキャシーが歓声をあげるのを、聞いた。

広い屋上ではまばらに見えるとはいえ、百人をこえる頭数がなんとか集まったころ、電力が供給され操作パネルに光点がともった。わずか一時間だ。セキは時間を無駄にしたくなかったし、また苦手でもあったのであいさつはそこそこにすませ（おまけにフレディが妙なちゃちゃを入れるものだから、セキはスピーチが惨憺《さんたん》たるものに終わったような気がした）、装置の操作にとりかかった。

教官室から移しかえられていた情報がその装置――3Dホログラム投影機《プロジエクター》を通って、解きはなたれた。屋上の中央、人垣がつくった輪の中心に明るくかがやく虹の柱が立ち、それが二、三度ゆらめくと七つの彩はひとつにまとめあげられて、そこに像を結んだ。群集の息をのむ気配がつたわると、セキは自然と頬が緩んでくるのをどうすることもできなかった。――さあ、これを見てくれたまえ。これが、地球だ。その粋だ。

かれは口の中で、誇るようにそう呟いた。

寒風のなかにうかびあがったそれは、濃藍色の空をバックに爛漫《らんまん》と花を咲き誇らせる見事な一本の桜、エドヒガンの古木のすがただった。

## 2

その桜は、〝名木〟にありがちな、時として華美とさえ言える派手さには欠けていた。いっそ素気ないと言ってもいいだろう。飾りけのないありふれた木。だがしかし、それは非の打ちどころのない、自然がその多様性の果てにのみ生み出すことのできる、造化の妙だった。

樹齢は七十年をこえていよう。年ふりた頑丈な幹が小揺るぎもしない安定感を示すその上に、枝が大きく展《ひろ》げられている。枝ぶりは決してシンメトリカルなものではなくてどこか奔放な印象さえ抱かせるのに、バランスは少しも損なわれず驚くべき均衡を保っていた。動感にみちあふれたそのフォルムが風にそよぎ、そしてその花をゆらす。

その花。

ほのかな淡紅色に染まった小さな花びらは、いくつも集まってさくら色に輝く雲、あるいは泡となったかに見える。〝色〟そのものが、この古木の枯枝にやわらかな結晶となって宿ったのではないかとさえ思わせるほど、それは純粋で、しかもあたたかな手ざわりを持つ色だった。その界面はホログラム・ムーヴィ特有のこまかいゆらぎを伴い、おぼろにかすむ。それがこの稀有な美しさに幻想的なオブリガートの衣をまとわせていた。

どこから来るのでもない光に照らされてほの白く佇《たたず》むこの木の立姿には、あでやかさとたおやかさ、ぴんと張りつめた色気ととろけそうななまめかしさが、ぎりぎりのところでつり合いをとっている。そうして、雲のように舞い散る花びらのひとつひとつを手にとってみれば、それらはどんなにか美しく愛らしいだろう——もし手にとることができるものならば！

むろんそれは無理な相談だった。この桜は虚像だ。風に枝を揺らし花びらを舞わせはしても、やはりホログラムでしかない。その枝を渡る風は春の微風であって、居住システムの屋上に吹く風ではないのだ。だが、それはなんと美しい虚像であることか。

「きれい……」

キャシーのつぶやきがどこか近くでもれ、それを合図にしたようにほうっという讃嘆のため息がひろがった。だが、それきりで、人びとは言葉もなく、憑《つ》かれたように夜桜を見つめつづけた。そこになにか決定的なものを見出したとでもいうように。

「五十年か……」

セキはこっそりとそうつぶやいた。

五十年。この実物大《ライフ・サイズ》のホログラムはそれだけの時間をかけて育てあげられたものだったのだ。

五十年前、いまだ移住の混乱が収拾されず日に八十万のオーダーで死者が出ていたころ、セキは（友人の個室《コンパートメント》を転々としながら）若き天才として、このモラトリアム都市の運営ノウハウの作成に参画していた。複雑多岐にわたる都市の機能のうち、単なるジグソーパズルの一片以上に、セキが関心を寄せているものがいくつかあった。そのひとつが〝種《スピーシズ》バンク〟だった。

人間以外の地球種は冷遇されていた。〝ビッグ・ブレザレン〟の意図があくまで知性体の管理育成であり、ノアの方舟ではない以上これは当然だった。地球から持ちこまれた無数の種子や冷凍受精卵、ＤＮＡレコーダーは、てい良く放置されたままで、動物園はおろか農耕工場《プラント》さえ作られていなかった。

むろんそれは暫定的措置だった。五十年後の現在も、いくつかのクローニング・フーズ・ファクトリー以外、ほとんど進展がないにせよ。

セキは肉のパックをあけ、酒の封を切った。驚いたことに肉はクローンド・マッザカのビーフだった。ブランドものだ！　フレディの手腕と心遣いに感謝しつつそれを口へ運び、粗い味のぶどう酒を舐《な》めた。と、花びらのひとつが杯の面にかかる。

ほう、い、――セキは目をまるくした。こいつは吉兆だわい……。

かれが桜を育ててみようと思いたった直接の契機は、バンクのリストに桜のセミ3D・フォトを見つけたことだと言えるかもしれない。それは、セキを魅了した。非常にだ。

しかし魅せられはしたものの、薄っぺらの資料写真や鑑賞用のホログラム写真《ステイル》には、セキは満足できなかった。生きた桜なら、とセキは思った。それはおそらく自分を満たしてくれるだろう。枝ぶりや色は、なんならどうでもいい。ただ、生きているだけでいい。

むろん、この惑星では桜は育たない。都市の外はひからびた荒野だったし、都市が必要とする生命は、人間だけだった。〝ビッグ・ブレザレン〟の御業《みわざ》だ。第一、都市には土がなかった。セキが選びえた道はひとつしかなく、そして彼はそれを選んだ。都市の桜の種子を一つ手にいれ、その構造と遺伝情報のすべてを数値化し、セキの地位に与えられた優先権を利用して、都市のコンピュータ内にむりやりねじこんだ。シミュレーションによる栽培だった。

ただ、セキはそれを味けない数値の培養実験にするつもりは毛頭なかった。かれがコンピュータ内に組みあげたシチュエーションは、本物の地球上さながらに千変万化する気象のダイナミクスはもとより、土質の精緻《せいち》をきわめる設定、はては〝苗を植えた〟周囲の植生をはじめとする生態系のディテイルすらフォローするもので、時間縮尺率も一対〇・七ときわめて小さく抑えられていたのだった。

おかしなものだな、どういうわけか、それ以上時間をちぢめてしまうことが、なんというか……冒瀆《ぼうとく》めいて感じられたのだ——セキは自分でももてあまし気味だった桜への異常な執着を、懐しく思いかえしていた。

行政諮問委員を辞したあと教官の職に就いたのも、シミュレーションの場を確保したい、との思いからだった。学生を、あるいはフレディをほったらかしにして、わしは桜にのみかかわって生きてきたのだ。

ふん、とセキは自嘲的にわらった。

いいではないか。たとえそれが後ろを向いたノスタルジックな想いであっても。気弱な後退思潮であっても。わしにはもう時間がない。前進のための貢献なら十分にやってきたはずだし、ひととき、ほんとうに見たいと思いつづけたきた夢を見、そしていささかなりと他人にわかち与えたいと考えることの、どこが悪い？　そうとも。わしはそんなに強くはないのだ——。

驚くべきことに、〝桜〟が生きてきた時間、〝七十年〟に及ぶその日々のうち「同じ一瞬」は二つとなかった。周到に準備されたシチュエーションの中で、この桜は「一度限り」をたっぷりと蓄積してきたのだ。全くあっぱれなセキの執着ぶりだった。

わずかな時間は夢のように過ぎて、そろそろこの宴にも終わりの刻がやってこようとしていた。電力を絶たれれば、ホログラムはプツリと途切れるように消えてしまう。セキにとって、それは耐え難いというより、むしろ許しがたいことだった。

フェイド・アウト。

セキはそれを望んだ。すでに残された時間はほとんどなかった。現実時間に変換して投影されているかれの桜、丹精こめたその桜に最後の一瞥をくれると、セキはそっと人垣をぬけた。次にこの桜を見ることができるのは、いつになるのか。そんな感傷を抱きながら、投影機に歩みよる。

パネルはすでに光を失っていた。

やれやれ、やっぱり早目に電源カットをしおったか！　セキは管理官の顔を思い出し、にが笑いして頭を掻き、

なんだと？　そっと振りかえった。

桜は、そこにあった。

かれの桜は、さっきと寸分たがわぬ姿でそこに、人びとのつくる円陣の中央に立っていた。寒風をはらんだ夜空とむかいあうようにして、その豊麗きわまりない花を誇らしげにひろげている。セキの見開きっぱなしの目が乾いてキリキリ痛んだ。夢ではなかった。

「根づいたのか？」

かすれた声でセキはつぶやいた。

この、息の詰まりそうな都市に。氷のように冷たく岩のようにゴツゴツした都市に、桜が根づいたのか？

いつの間に集まったのか、今や三百人をこえる屋上の人間はすばらしいひたむきさで一心に桜を見つめていた。その無言の熱気がつくりあげたものなのか、そこには濃密な生の匂いが渦まいていた。

ああ、もしそうなら、そしてそれがあの思いつめたような視線に支えられているのなら、ひょっとすれば——

そして、そのときそれが起こった。

はじめ、何がどうなったのか誰にもわからなかった。桜の突然の変化に一人としてついていけなかったのだ。気づいたときに、すでに桜の丈は三倍に伸び、ふくれあがっていた。力強い枝や幹の力感が人びとを圧倒し、叩《たた》き伏せた。そこに感じとれるエネルギーは桁ちがいに大きくなっていた。

そして大きくなりつつある。

「……」

セキは無言であえいだ。口をぱくぱくさせるだけだった。言葉ひとつ、息ひとつままにならない。足も動かない。

どこかから光が噴き出した。光圧を、ほとんど肌で感じとれそうな、目もくらむ光。それは風のように吹き荒れて、だだっぴろい屋上をくまなく照らしだした。誰かが悲鳴をあげ、人びとは総立ちになった。桜の変貌に尋常でないなにか——決してセキの演出効果などではないなにかを感じとって。そして、光の源へ、苦労して目をやった。

ホログラムの花が燃えていた。界面のゆらぎがほむらのように見えるのだ。そしてさくら色に輝く雲泡は、炎のように刻々とその相を変化させながら、周囲の空間に滲《しん》透《とう》しようとでもいうように、ひろがりつつあった。その表面から、ちぎれ飛んだコロナのごとく光の帯が分離し、あたりを滑空する。

そして、かつては花であった光球の移ろいゆく相のなかに、桜の色とにおいとかがやきのありとあらゆるヴァリエーションが、ひとつ残らず展開されていた。たった一つの花びらが、小さくしかし確かに息づくすがたから、グラマラスなしだれ桜の、滝のような花のありさままでが余すところなく表現されて、ゆらぐ光のなかにあった。

屋上を吹き荒れる光にも、それらは見てとれた。今や、ここは桜の全ての多様性が開示されるところとなっていたのだ。

絶対三度の闇を圧して輝く桜の、その光と力の呈示を、セキは驚嘆して見つめるばかりだった。かれの想像をはるかに超えた桜の変貌と、そこに展開されたヴァリエーションのあまりの豊かさに打ちのめされたのだ。桜ひとつがあれだけの変化をもち、そしてそうした生命が充満していたというなら、地球とはなんという星だったのだろう！

そして、唐突に終わりがやってきた。場が弛緩《しかん》し、光が混濁し、そして消えた。痕跡ひとつ残さずに。

3

宴は終わり、人びとは帰途についた。セキに礼を言い、桜を賞讃し、憑きものが落ちたようにさっぱりとした笑顔で帰っていった。

しかしセキは生返事こそ返してはいたが、かれらを見てはいなかった。疲れて眠ってしまったキャシーも、彼女をおんぶしたスティーヴも、そしてフレディさえもかれの眼中にはなかった。ひと気の消えた――それでもまだいくらかは温《ぬく》もりの残る――

宴のあとにひとり立ち、かれの桜が確かにあったそこを、ぼうっと見ていた。

ずいぶん経ってから、目をしばたたき、かれはつぶやいた。

「……どっちなんだろう？」

そうしてメガネを外し、シャツの裾《すそ》でレンズを拭《ふ》いた。

――どっちなんだろう。

あの異変は、最初わしが感じたようにわしとわしたちが作りだしたものだったんだろうか。あのときの人びとの視線が、あそこに場を作りあげていったのか？

それとも
それともあの桜……わしの桜か、あるいは桜のかたち《フォーム》に憑依《ひょうい》したなにかもっと別のものが何事かを語ろうとしてなのか。そう、それはまるで――

「幽霊のように」

死んでしまった何かが、それを告げようとして。しかし、何が死んだというのか。

「ふム！」

セキはうなると、突然右腕を突き出した。今度は、その腕は秩序も混沌も作り出さなかった。ただ、その先に、この都市《ほし》の周りを巡る二つの月があるだけだ。

そのどちらも大したことではないとでもいうように、セキはほほえんだ。そして、突然気付いたのだ。かれのなすべきことは、もう全て終わっていることに。

やれやれ――セキはため息をついた。ま、いいか。あれを見せてもらったことだしな。それで十分だとしておこう。

ひとまずは。

そして、リフトの扉の方へむかいながら、セキは苦わらいして、頭を掻いた。

# いとしのジェリイ

靴下いちまい　自分で脱げない
　そんな
　　あなた　に
あいそが　尽きそう。――きそう。

それは、くすくす笑いのように語られた。

ジェリイの声を言葉に直すのは、ひどくむずかしい。それは発せられたとたん、雰囲気のように拡散し、匂いのように漂う。頭の外で聞こえるテレパシーのようだ。音はまったくともなわない。そして空気の色をかえる。

「そう？」

生返事をかえし、今度は左足を彼女に差しだす。ゼラチン様の透明な波が足首をすっぽりつつみ、やがてゆるゆると退《ひ》いていく。

靴下はなくなっていた。

あ・き・れ・ちゃ・う・わ！

炭酸のアワのように空気がはじける。

「へえ」

気のない返事をくり返していると

ねえ　食べる？

　　　食べる？

そう声がハモる。食べてくれるはずという自負と、食べてくれるかしらという不安。空気がこころよいきしみをたてる。

「もらうとも」

手を差しだすと、空中で一瞬静止していた小さな塵《ちり》がほっとしたようにまた動きだす。床にうずくまったジェリイのからだの一部がもこもこと盛りあがり、ぷちんと切れてこぶし半分ほどのかたまりになる。ぼくはそれを齧《かじ》った。うすいあまいそのジェリイは、たぶんぼくの味がするはずだ。ぼくにはその味はわからない。それはどんな味なのだろう。

三メートル四方の居間。その床の中心に直径一メートルの寒天状の塊が、半流動状態でぺたりとうずくまっている。照明をおとした薄暗がりに青い燐光《りんこう》をはなち、透明で、キラキラした小片やさまざまな色の顆粒を、いくつもかかえこんでいる。これが《寒天《ジェリイ》》。ルームメイト。パートナー。ぼくが創った。

ジェリイの原型は百年も前に開発された〝有機粘土《パレット》〟だ。手のひらほどもあるアミーバ状の一個細胞だ。染色体はハエの唾腺《だせん》染色体の三倍ちかくあり、組み替え操作が簡単にできるうえ、詳細な遺伝子地図が作成されていた。特定の形質を変化させるにはどこをどうつつけばいいのかが、わかっていたのだ。パレットは、だから遺伝子デザイナー養成のための教材――組み替えシミュレータにうってつけだった。少くともランダムにアクシデントを発生するようプログラムされたコンピュータなどよりは、よほどましだった。

何千人、何万人のデザイナー志願者たちがこのパレットに取りくんだことだろう。かれらは、代謝システムを変更し、運動性をたかめ、制御装置《コントローラ》を開発し、才能と僥倖《ぎようこう》にめぐまれたそのうちの幾人かは全く新しい製品に仕立て直すことに成功した。医療用絆創膏《プラスト・フィルム》、自走掃除塊、とてつもなくうまい食品――これは水とアミノ酸があれば勝手に増殖する、そして細胞膜（厚さが二ミリもある）に回路をプリントし、出入力端子《ひげ》をつけたパレット・コンピュータ。これらは爆発的に売れた。天然生物の遺伝子改良よりもうかると踏んだ企業が、パレットの可能性開発に巨額の資本を投下した。あの「ゼラチン女中《メイド》」一号器が二三〇四年。七十年むかしだ。

そしてそのはるかな延長上に《寒天《ジェリイ》》は、いる。とっくに時代おくれになった「ゼラチン女中《メイド》」をよみがえらそうと、ぼくのデザイナーとしてのありったけを注ぎこんで創りあげた。自在な運動性、自己造形力《フォーミング》、人格付与中枢、芸術的な発語方式。十五年前の時点ですでにジェリイはとてつもない先進性を持っていた。商品化になじまないほど。すべて、ぼくがつくりあげたものだ。それらはひとつの統一を得て、ジェリイと名づけられた。

今のジェリイは、しかしそれをはるかに凌駕《りょうが》する。ぼくが改良したのではない。彼女のなかで奇蹟が進行しているのだ。ぼくの想像もおよばない反応がおこなわれつつある。無意識のうちにジェリイは自分で自分をつくりかえているのだ。その、信じがたいような恩恵に、ぼくは何度も浴していた。

「――喉がかわいた」

つぶやくと、イスのアームのうえにチリチリに冷えたマティニのグラスがあらわれた。するとまだ食糧局は機能しているのだ。ぼくはグラスをとり、指先で露《つゆ》をなぞった。

「オリーブがついてないな」

文句言っちゃダメ
っちゃダメ！　失業中なのよ。

ぼくは苦笑してグラスを傾けた。ジンもベルモットも安物。だがジェリイの言うとおり文句は言えまい。失業中なのだから。

ジェリイの表面が波立ち、靴下が吐き出された。汚れはきれいに落ちている。頭のまわりを風が踊り、おいしかったわと言った。

「ああ」

「ありがとう」

ジェリイのおかげで靴下だけはいつも清潔だ。だが失業中であることには変わりはない。口座の残がゼロになれば食糧局は配達をストップするだろう。世のなかがこんなじゃ、失業救済機構が仕事をしていると期待するのは愚かしい。そしてデザイナーの求人があるだろうと考えるのはもっと愚かしい。第一、危なっかしくて外も歩けやしないのだ。

腹の底にひびくブラスのような咆哮《ほうこう》が、今夜も窓を横切る。今夜はどこが叩《たた》きこわされるのだろう。誰が殺されるのだろう。だが――彼はまだ四歳の幼な子なのだ。

グラスを干し、それを握りつぶす。とっておきのガラスのコップ。手をひらくと血まみれでキラキラと細かいかけらが光った。ぼくはジェリイに腕をさしだす。すっぽりと掌《てのひら》がつつまれると、痛みはあとかたもなく消えた。やわらかい舌でなめられている感触がする。ジェリイはどんなに小さなガラス片も除去してくれるだろう、と思う。手をぬくと痛みはぶり返したが、アルコールが入っているのに血は止まっていた。傷口もふさがりかけている。ジェリイが、ガラス片を排出した。ゼラチンのパテにつつみこまれている。

これは甘えだろうか？

空気がさっと肌あいを変えた。いいえ！　いいえ！　いいえ！

「ありがとう」

新しいグラスをとって、口をつける。

たぶん、そうだ。これは甘えだ。信じていた世界が目の前で崩れていくのに耐えきれず、ジェリイのかたまりのそばでべそをかいているのだ。でも、もう少し信じがいのある世界であってくれてもよかったろうに。

フリーク化した世界。戦争もないのに地球は十年で滅んでしまおうとしている。信じられるか？　うすい、ひらひらした布。ピラミッド型の石。青いガラス瓶。それが、人間だというのだ。正常な両親のあいだから生まれた、われわれの子供たちだというのだ。

布を拡大してみると織り目からメッセージが読みとれた。ＤＮＡ合成ノウハウだった。石はひっぱたくと旧約聖書を朗読した。栓をされた瓶には手紙が入っている。殴り書きで、「助けて」。

　生物として生まれてきたもののほうがもちろん圧倒的に多い。でもその方が救いがあるとは誰にも言えないだろう。慣習的に優生措置が発生の初期に行なわれ、劣悪遺伝子は補正されているし、異常出産が増えてからは措置の回数が増やされた。しかし効果はなかった。ひどい例では出産直前の胎児像と、生まれてきた子が全然べつのものだった。

　出産制限も意味がなかった。女性たちは単為生殖をはじめた。中絶すると、掻爬《そうは》した組織が逃げだした。医師たちは争ってそれを殺したそうだ。男性の肩の瘤《こぶ》を切開したらリスの胎児がねむっていた例もある。――そう。ことは人類だけではおわらなかったのだ。

　単刀直入に言えば、十年前から地球上のあらゆる生物が突然化物をせっせと産みはじめたということだ。原因、メカニズム一切不明。

　支離滅裂だ。

　進化圧に耐えきれず個体はほろび、世代交替がおこなわれる。そうかもしれない。そしてこうも考える。もし種そのものが進化に耐えられなかったら、どうなるのだろう。特殊化の果てまで行きついた、あるいは準備のととのわない種に、なおも進化がゴリ押しをすれば？　その種は遺伝子のなかみをぶちまけながら、磨り潰されてしまうだろう。

三杯めのグラスが出てこなかった。イスの脇からパネルを引き出しキーを叩いた。だめだ。バルブの故障をインジケータが示す。修理に多少の時間を要します。

指がほてっていた。目のふちがぼうっとし、動悸が速くなった。身体の芯が熱く、頭をふると視界がぶれた。喉がかわく。

「あ」

次の瞬間、ぼくは爆笑した。ひっかけられた！　どうやらジェリイはさっきのジェリイの中に媚薬を混入していたらしい。

「やったな」

もつれた足で立ちあがると

　　　あはははははははは

　ふふふふふ　　　ははははは

　　ほほほほほほほほ

花のような、鈴をころがすような笑いが部屋の空気を一変させ、あざやかに染めあげた。なにもかもが、目を見張るほどどうるおいあふれた色に見える。ジェリイ、おまえはいったい何者なんだ。

来て

来て

来て

ジェリイの表面がざわりと動き、数十本の触手があらわれてぼくの身体にしなやかにからみついてくる。際限なくそれらはのびて、顔に手に胴に足にぐるぐると巻きつきたがいにからまりあう。ほどけない。ほどこうとも思わない。かすかなバイブレーションが伝わる。ジェリイの息づかいが聞こえてくる。

——ジェリイ。

鼻と口、ついで耳と目がジェリイにおおわれ、ふさがれ、うばわれた。ぐいと引かれ、ぼくは彼女に抱きすくめられる。ひきずりこまれ、ずぶずぶともぐりこみ、没してしまう。原形質の密な海のなかで、ぼくは全裸だ。いつの間に脱がされてしまったのだろう。ジェリイのコロイドは、鼻から入って肺を満たし、耳から脳へ、口から消化管へと流れこむ。酔いがすっと醒《さ》めた。分解されたらしい。

すばらしくいい気分だった。春の日光浴みたいだった。感情の棘《とげ》が鞘《さや》におさめられて平静なきもちになる。自分の鼓動の音にきき耳をたてる。こうして、いつものようにぼくはオーバーホールされるのだ。

あたたかい。

温浴しているようにあたたかい。体重が消え、心地よい圧迫感がからだを押しつつむ。関節という関節から緊張が流れだす。筋肉が揉《も》みほぐされ、疲労が分解される。ジェリイが身体の隅々に沁《し》みわたる。彼女がぼくの名を呼ぶと、それがパルスになってぼくの神経を駆けぬける。シナプスの上でそれらはやわらかくあたたかい波紋をひろげ、中枢神経の上できらめく爆発をとげる。ここではジェリイの声をいつになく明瞭に、親しみぶかく聴くことができるのだ。

そしてその爆発の衝撃がぼくの身体を揺るがし、指やつま先からぬけていくと、とほうもない脱力感があちこちから湧きあがる。

あぶくのように。

外にいる間、けんめいにおしかくし、つつみかくしていたものが、揺さぶられて顔を覗《のぞ》かせるのだ。その脱力感はあまりに大きいので、ぼくはぼくという形を保つことさえできなくなる。コーヒーに落とされた濃密なクリームが、ぼくだ。しまりなく、やわらかい。

ぼくはすべてをジェリイに委ねよう。その考えはパルスとなってぼくの神経系をつたい降り、彼女に読みとられる。あたたかい波が返答のようにかえってきて、胸を熱くさせる。目尻《めじり》から涙があふれたはずだが、ジェリイはそれをながめてみただろうか。

今、ジェリイはぼくの恒常性維持の大半を肩がわりしてくれているはずだ。そのせいだろう。なにもかもが軽い。ゆっくりとスイッチが切りかわり身体がガラスのように透きとおる。澄んで、冴えた感覚と意識が穏やかに安らい、安堵《あんど》のためいきをつく。

そうして、ぼくの身体はばらばらにされていくのだ。

徐々に、からだをつなぎとめ結びあわせていた力が別なものに変換されて、ジェリイのなかに蓄積されていく。靭帯がゆるみ、皮膚《ひふ》がうきあがり、筋の束がほどける。血と唾液《だえき》が溶けだす。解放感が脳天をぬけていく。

たのむよ。

もぞり、とジェリイが胃壁のように動き　まかしといて。

たのむよ——

ぼくはつぶやく。

異変に気づいたのは、もう六年も前だ。

ぼくは愚かにも、このフリーク化現象を自分とは無縁なものだと思っていた。当時、遺伝子暴発は子の側にだけあらわれ、親の遺伝子にまで影響を及ぼすことはなかった。ぼくにはジェリイ以外の家族はいなかったし、暗澹《あんたん》たる気分でいながらも自らの肉体には、毛ほどの心配も抱いていなかった。グラスを砕くまでは。

その晩、ジェリイはねむり、ぼくは酔っていた。目のまえのショットグラスを睨みつけていた。最悪の気分で眉間に皺《しわ》を寄せると、グラスはあっけなく粉ごなになった。それ自体が炸薬かなんかだったみたいに、しごく景気よく吹っとんだ。自分でやったのだとすぐにわかった。確かにぼくは手ごたえを感じたし、何よりそれは自分でやったことなのだから。背中に水を浴びせかけられたようにぞっとし、身長を測ると三センチも縮んでいた。慄然《りつぜん》とした。異変初期に新生児の多くに見られた症状に酷似していた。彼らはオタマジャクシが尻尾《しっぽ》を「食う」ように自分の肉体を摂取し、それをテレキネシスのエネルギーに変換する。衰弱は急激で、ひと月ともたない。

絶叫するとウォトカの瓶が粉微塵《こなみじん》になり、飛沫に火がついた。カーペットがまっぷたつに裂けた。そして空気の色が変わった。

ジェリイが目をさましたのだ。ぼくの身体の異変を感じとると、彼女は色をなした。しばらくプルプル震えたあと、彼女は意を決したようにぼくを呑《の》みこんだ。はじめてだった。――こうしてぼくは一命をとりとめた。ジェリイはぼくの遺伝子をオーバーホールし、突然変異をキャンセルしてしまったのだ。デザイナーのぼくにもジェリイがどのような方法でそれをなしとげたのか見当もつかなかった。それは奇蹟だったのだ。

〝ジェリイ浴〟は、こうしてぼくらの習慣になった。

それは、こんなふうだ。

あなたは蝶《ちょう》。あなたは樹。あなたは馬。

あなたは魚。あなたは虫。あなたは花。

あなたは蛇。あなたは苔《こけ》。あなたは鳥。

ぼくはすべてである。

肋骨がぽこぽことはずれ、腸が流れ出し、細胞のひとつひとつにまで分解されてやがてその細胞膜すら消えてしまうと、ジェリイは核のふたをそっとあけ、なかの二重螺旋《らせん》をほぐしにかかる。裸のDNAたちは彼女の掌のやさしい愛撫にうっとりし、でれでれし、そのうち興奮してくる。さんざ焦《じ》らしたあげくボルテージが頂点に達しようとするとき、ジェリイは遺伝情報《かれら》を思いきり高く放り投げる。

そのとたん彼女いっぱいに——そしてジェリイと同じ大きさのぼくの意識野いっぱいに——地球の全生態系がパノラマのように展開される。射精のオルガスムスが噴きあがり、それはジェリイの原形質もふるわせる。

いや、違う。それは地球の生態系ではない。架空の生物相だ。ぼくの遺伝情報をベースに、ジェリイが展開してみせたファンタジーだ。だがそれは地球の生物相とよく似ている。あたりまえだ。ぼくの遺伝子は地球の最初の代謝系から現在にいたる進化の道程を記憶している。それが解きはなたれているのだ。ぼくの遺伝情報のすべてが白日のもとにさらされ、そのひとつひとつがこんなにも生き生きと投影されている。なにもかもが近しい存在だった。トカゲに似たもの。ウグイスに似たもの。アマリリスに似たもの。チョウザメに似たもの。マストドンに似たもの。スミレ。ドードー鳥。マウンテンゴリラ。イネ。アオダイショウ。トリケラトプス。ヒツジ。ヤシ。ヒマワリ。タバコウイルス。名も知らない多くの生きもの《いきもの》たちと、そしてヒト。意識と感情のありったけを使って、ぼくはかれらを感じる。ぼくの背後にあってぼくを支えるかれら、ぼくと同じ時を生きてぼくを支えるかれらのなにもかもをむさぼるように感じる――味わう。一瞬たりとも同じ貌《かお》は見せない。絶えまなくうつろい変転し、きらきらとまばゆく光り輝きながらどこへともなく疾走するかれら。

ぼくはそのすべてである。

そのすべてがぼくである。

これはたぶん、ミニマム・ビッグバンなのだ。

しかしこの光景に〝未来〟の像はない。ひとつもない。それは意図的に取りのぞかれているのだ。ジェリイが、それをした。彼女はぼくの遺伝子というオモチャ箱をひっくりかえし、ぶちまけられた宝石をひとつひとつためつすがめつして調べていく。

おぞましい進化の予兆、突然変異の萌芽《ほうが》をみとめるとそれらを痕も残さず摘みとってしまうのだ。あとには何も残らない。ノーマルな、ぴかぴかの遺伝情報がジェリイを満たす。

そして逆転《リバース》がはじまる。大収縮。ジェリイにプールされていた力、ぼくをぼくであらしめていた力がおそろしい勢いで流れこんでくる。それは肉体的な快感だ。それを足がかりに、ぼくは再生する。大パノラマは洗濯物のように取りこまれ折りたたまれてDNAに収納され、二重螺旋に巻きもどされて核に封入される。細胞が形成され組織となり配列されて器官に成長する。ジェリイのなかに拡散したそれらが一挙に収斂《しゅうれん》してぼくのかたちをとると、その上に骨格が組みあげられ筋をまとい皮膚をかぶり毛を植えられ、そして顔にふたつの目玉が嵌《は》めこまれるとぼくになる。

イスの上で、目がさめる。

いや、目はしばらく閉じておこう。鼻が埃《ほこり》のにおいを、耳が空調の音をとらえる。ここは元の部屋だろうかと、ぼくはよみがえった身体の重さに苦笑しながら考える。そしてこの身体はほんとうに元と同じなのだろうか。たとえば指紋、たとえば味蕾《みらい》、たとえば記憶の細部。それらが少しでも違わないと、誰が言えるだろう。

そんなのは、イヤだ。

ぼくはぼくのままでいたいだけなのだ。進化に押しつぶされたくはない。オーバーホールだって、ほんとうは願い下げなのだ。

身体はリフレッシュされて軽かったが、けだるい。ほんとうに射精していたのかもしれない。まぶたは、熱くて重たかった。それをこじあけるように持ちあげると、ジェリイの燐光が目にはいった。そのなかにぼくがいる。目を閉じ口を半開きにした紛れもないぼくが、手足の力をすっかり抜いて全裸のままで彼女のなかにいる。たるんだ下腹が上下する。ペニスがエレクトしている。

青白い光のせいで、ぼくは、おそろしく出来のわるい旧式のホログラフのように見えた。

「ジェリイ?」

のろのろと立ちあがる。

「それは——何だ? それはだれだ? おまえは何をしてる?」

——これ?

これはあなたよ。

あなたよ。

半目を開いたような、寝呆《ねぼ》けた声だった。ベッドの翌朝の女の声のように聞こえた。鈍重な不機嫌におおわれ、不透明だった。

「ぼくだと?」

ジェリイの表面がかすかに曇った。寝がえりをうったみたいに。

「それが、ぼくだと？」

「そうよ」

声が——肉声が答えた。男の声だ。ぼくの声だった。ジェリイのなかのそれが目を覚まし、その口を動かしていた。その話しぶりはたぶんぼくのと寸分違わないだろう。なぜならその所作はとてつもなくグロテスクに思えたからだ。

「見ればわかるでしょう？　これはあなたよ、——あなた」

「何をした」

「あたしはね、あなたの遺伝子をすみからすみまで知ってるのよ」

「コピーをとったのか。ぼくのコピーを。どうして？　そんなことが何の役に立つ？　ジェリイ、ぼくにはわからないよ」

あ・き・れ・ちゃ・う！

炭酸のアワのように空気がはじけた。

「あなたはデザイナーのくせに、なあんにもわかっちゃいないんですものね。あなたがフリーク化と呼ぶこの現象の意味さえも」

なってないわとぼくの顔が鼻に皺を寄せた。「あなたは、あたしがこれをあなただと言ったことの意味も、たぶんわかっていないわ。いい？　これはね、正確にはあなたとは違うものなの。あたしは今まで、本来ならあなたに発現していたはずの遺伝子暴発の成果、あらわれていたはずの突然変異を貯えていたのよ。どこへも廃棄せずただ記録して、静的な情報としてねかせといた。パイ種みたいにね。今、それが焼きあがったのよ。アップルパイが」

胃がうらがえしになりそうだった。それじゃおまえは、ぼくから抜きとった進化をストックしていたのか。それで新しいぼくを作ったというのか。だが、やはりぼくにはわからなかった。こうまでして、ジェリイがこの大災厄の肩を持とうとする理由が。

「なぜ」

「ねえ――？」

ジェリイがぼくの顔でわらった。

「フリーク化が、ほんとに進化のゴリ押しだと思ってるの？　あなたたちの意に沿わない、とんだ災害だと、思ってるの？」

「――ああ」

きゃははははは

「きゃははははは。あ、ごめんなさい。でもね、自分たちをそんなにナメることはないと思うわ。あなたたちはこれまで一度だって気の進まない進化なんかしてないのよ。骰《さい》をふった目がどう出ようが、それを投げるのを決めたのはいつだってあなたたち自身だったわ。そしてその行程は、まあ最低というほどじゃなかったって、あたしは思う。人類《あなた》の遺伝子をおさらいしてみてそれがよくわかったの。でも、あなたはやっぱり何もわかっちゃいない。いいこと？ 今、非常事態宣言が出されてるのよ。知ってた？」

「知ってるさ。七年前からだ。遅すぎた」

おばかさんね

「あたしは公安体制や優生措置について言ってるんじゃないの。非常事態宣言が出されているのは、人類と、それから地球のすべての生きものたちの遺伝子に対してなのよ。ほんとに鈍感なんだから。話にもなんにもなりゃしない」

「遺伝子……に？」

「教えたげる。遺伝子たちはね、あがいてるの。間近にせまった脅威をのりこえて自分たちの存在したあかし、しるしを残そうとしてね。そのためにかれらは持てるノウハウのすべて、いえ、手の内をぜんぶさらけ出してるの。なんとかして可能性のある手をつくろうとして、必死で手持ちのカードをならべかえてるのよ。ありったけのヴァリエーションを自分のなかから、あれでもないこれでもないって、手あたり次第引っぱり出してる。けなげだわ」

「脅威……？ あかし……？」

「なかでもいじらしいのはあなたたち人類だった。後天的成果をフィードバックしようとしたんだもの。布、石、ガラスびん。あれは記号化されたあなたたちを脅威のあとへ持ち越そうという試みだったのよ。墓碑銘みたいなものだわ。でも、もちちんあんなもので乗り越えられやしない！」

「脅威っていったい何だ？　なにが近づいてるっていうんだ」

あたしは——**ちがうわ！**

空気の底が、ごっ、と鳴った。

「あたしはちがう。あたしはあなたを助けたい。あたしのあなたを生きのびさせてあげたい。なんとかして脅威のむこう側へ送りとどけたい。だからあたしはあなたを食べた。突然変異の、あなたを殺しかねない毒を長いことかけて中和し、飼いならした。食べたあなたを別なものにつくりかえた。あなたを、生まれかわらせる。あなたを、あたしが創る」

ぼくは打ちのめされて棒立ちになった。

ジェリイ。それが、おまえの遺伝子のあがきだったのだ。遺伝子暴発と、おまえの驚異的な発達とを結びつけられなかったとは、ぼくはなんて愚かだったのだろう。おまえもまた生物だったのだ。地球のあかしを残そうと、ジェリイ、おまえも地球のいのちのひとつとして、ささやかに全力を尽くしていたのだ。奇蹟などという言葉で、それを忘れてしまったぼくを許してくれ。ぼくは深く頭を垂れよう。——しかし、それでもなお言わねばならないことがある。

「ジェリイ、これはたぶん口に出して言ってはいけないことなのだろう。だが、それはやはりぼくではないよ。こんなことを言う資格がないのはわかってる。でも、ちがうんだ」

　ころころと、ジェリイは笑った。――笑った。空気はプリズムのように匂った。なぜ笑うんだ。ぼくは君を不当におとしめている。

　　思いこみ　強いの
　やっぱり受け継いじゃったのね
　　オリジナルとおんなじ！
　あなたはあなたよ。
　　　　　　　違やしないわ。自分の手を見てみたら？

　ぼくは自分の手に目をおとした。肌が輝いていた。金属光沢だった。信じられない。

「脅威を乗りこえるのは、あなたの方なの」

「なんてことだ。ぼくが――コピー？」

「だからばかなのよね」

　ぼくがウインクした。

「今、ウインクしたのがコピーなのよ。あたしがつくりかえたのはコピーじゃなくて、オリジナルな、あなた。……やっぱり気づかなかったのね。あの大収縮のとき、あたしのなかにプールしといた進化素を残らず放出したのよ」

「じゃ、そのコピーは何のために？　それが以前と同じつくりなら、君にとってはなんの意味もないはずだろう？」

だって、淋しいわ。どうせあなたは行ってしまうんだ　も　の
なら——あなたの面影を
　　　　抱いていたいじゃない？

それは、くすくす笑いのように語られた。

「それにあたしはどっちかというと、ナリジナルで、平凡なヒューマン・ビーイングの方が好きなんだ」

「ぼくもそうさ」

そしてぼくはジェリイにキスをした——おでこにするように。自分でも意外だったのだが、これがはじめてのキスだった。

舌が触れると、うすあまいほのかな味がわかった。これはジェリイの味だ。だが、やはりぼくの味がどこにあるのかわからない。もしかすると、それはぼくが依然としてぼくであるためなのかもしれなかった。唇をはなし、ぼくはすとんとイスにすわった。両手と両足をてんでに投げだして。

「脅威がなになのかは、あたしにもわからない。でも、少なくともあたしが意識のレベルでそれに気づいたのは、あたしが生命形態としてはより原始的だからなのかもしれないわね。きっと遺伝子たちはそれが何なのかを知ってるんだわ」

ぼくは耳を澄まし、新しい遺伝子たちの囁《ささや》きを聞こうとしたが、何も聞こえなかった。おそらくぼくはかれらから遠ざかりすぎたのだろう。まあ、いいさ。ぼくがかつてこうであったというあかしはそこに——ジェリイのなかにあり、そしていずれぼくは新しい靴をはいて、この部屋を出ねばならないのだ。

かなり長いあいだ、ぼくはそのイスに身体をあずけ、動かなかった。やがて朝でもないのに燃えるようなルビー色の、しかしおそろしく冷たい光が窓から差し込んでくる。ぼくはもぞもぞと尻をさぐり、小銭があるのを確かめた。あかい光に焙《あぶ》られて部屋があめのようにとけはじめる。息が白く凍った。

さてと。

ぼくは左足をジェリイに差し出した。

「靴下をはかせてくれないか？」

ええ。

それがジェリイを聞いた最後になった。

# 夢みる檻

1

給仕が慣れた手つきでシャンパンの栓を抜くと、とびきり威勢のいい音がした。華《きや》奢《しや》なグラスの中を金色の泡が踊りまわり、またたく間に澄んでいく。

「お誕生日おめでとう」

グラスを目の高さにあげて、ダグラス・ベイカーはカレンに微笑《ほほえ》みかけた。酒ごしに、彼女の上半身が淡いゴールドににじんで見える。両肩を出したドレスが初々しく、その白はカレンによく似あっていた。

「二十一だ」

はにかんだように笑うと、うす灰色の瞳《め》がわずかに青を帯びた。

「二十一よ――」

「ねえダグ、覚えてる？」

「覚えてるさ」ダグラスはちょっと頷《うなず》いてみせた。あごを引いただけなのかもしれない。

「二十一だ。レディの年だよ」

カレンが十七になった日のことだ。パーティーに招ばれたダグラスはこんなふうなことを言った。十七になったら女の子にはレディになる資格が与えられる。そして二十一になったらレディにならなくちゃならない。そのときレディでなかったら、そのままになる。

「そのままって？」

十七のカレンは目をまるくしてそう尋《き》いた。

「そのままはそのままさ。レディになれない」

「なるわ」カレンは真顔で頷いた。「なるわ、二十一までに。あとまだ四年あるもの。きっとエレガントになれるわ」

それから四年だ。ダグラスは一度結婚にしくじり三十に手が届こうとしている。カレンの身長は一インチしか伸びず、かわりに唇が五月の苺《いちご》のように赤くなった。そんな四年だ。

今、カレンはとりたてて褒めあげるほどエレガントではなかったが、それくらいなら大目に見てやれる、とダグラスは思った。多少おっかなびっくりではあっても、チャーミングなことは確かだ。それに二十一の女の子をレディと認めないのはやはり一種の侮辱である。この一年はどんな女の子にとっても特別な一年なのだ。そのくらいの寛容さなら、ダグラスにも持ちあわせがあった。なにしろ三十である。

「でもまだ恋人がいないのよ」

「だろうね。誕生日のエスコートにぼくなんかが引っぱり出されるんだから」

「まあね」

二十一のカレンは目をおとして前菜にとりかかった。細っこい手と腕は、前菜用のナイフさえもてあまし気味だ。

「でも、恋人がいなくてもレディはレディでしょう?」

自分がレディかどうか男に尋いてまわるレディはいないよ。そう答えかけて、やめておくことにした。抑えきれなかった笑みが口の端をほころばせた。

「やらしいわね。なに笑ってるの」

「いや、なに」

天井に目をそらすと、小さいが趣味のいいシャンデリアがシャンパン色のひかりを撒《ま》きちらしている。その光を注がれて、カレンの髪も同じ色に見えた。細くてふわふわしていて、ちょっと淡いブロンドのたんぽぽみたいな髪だ、カレンの肩によく映えている。ダグラスはもう一度グラスを目の高さに上げたが、今度はグラスに降りた細かい露《つゆ》にはばまれてカレンの姿を見ることはできなかった。

ふいに、かれは金《かな》くさい嫌な臭いをかいだような気がした。貧血のときのように体がすうっと冷めたくなる。まわりの音が遠のいた。

またか？

ダグラスはカレンに気取られぬようにして奥歯をぎゅっと噛《か》みしめた。その小さな嵐をなんとかやりすごすために身がまえたのだ。だがほどなく臭いは消え、耳も元通りになった。彼が体の力を抜くのと同時に、オマールの皿が運ばれテーブルの上をぱっと明るくした。カレンは小さくきゃあと叫び、胸の前で手をあわせた。

「えびが好きだったろう？」

「ええ、ええ」

生返事もそこそこに、彼女は綺麗《きれい》なソースをまとったオマールにとりかかる。ダグラスは苦笑した。いいさ、それでも二十一はレディの年なんだ。

ドレスの胸はレディにしては控えめにしか開いていなかったが、それでもペンダントがそれなりにエレガントだった。ひとひねりした小さな金の輪をオブジェ然とぶら下げたもので、それがダグラスの今夜のプレゼントだった。長い頸《くび》と胸元のあいだにうまくおさまり、ささやかにきらめいている。その下はまだあまりふくらんでいなかった。本人は気にしているらしく、たまに冗談めかして指摘すると烈火のごとく怒る。そばかすを散らした頰を真っ赤にして怒るのだ。

「……え？」

「〝え〟じゃないでしょう。食べないの」

「あ、ああ」

ダグラスはえびのぷりぷりした肉にフォークを突き刺した。それはすばらしく甘かった。

「うまい」

「でしょ」

深く頷くのでペンダントが揺れる。

「指輪にしてもよかったんだけどね」

シャンパンの前、ペンダントを渡すときにそう言うと、カレンはパールピンクのルージュをひいた唇で、うっすらと微笑みかえしてきた。そんなふうに笑うことにかけては十四の娘も四十の年増も同じくらい手練《てだ》れだ。笑みの真意がどこにあるのかまるでわからない。それで男はいつだって途方に暮れるのだ。ちょっと揶揄《からか》うつもりだったのに、ダグラスは二の句が継げなかった。

「指輪にしたってよかったんだ」

オマールのふた切れめにソースをからませながら、ダグラスはそう言ってみた。

「欲しかったんだろう、アクアマリンが。でもサイズを教えてくれなくちゃ、贈れない」

「だめよ」

カレンは先刻と同じように微笑んだ。

「だめよ――教えてあげない」

だがその微笑はフィルムの回転が狂ったみたいにぎくしゃくとこわばり、やがてカレンの顔の上で作りもののように凝固した。ダグラスは自分の時間感覚が無限に引きのばされてゆくのを感じた。

またた……。

かれは体をかたくして、ひざの上でこぶしを強く握りしめた。かれのまわりの空気はみるみる血の気を失い、青くつめたくなってゆく。皿のオマールは、色と香りとぬくもりを奪われて白いかたまりに変わっていた。ダグラスがそれに触れようとすると、料理はきめ細かなパウダーになってもわりと舞いあがった。その横でシャンパン・クーラーがぐずりと崩れた。中の壜《びん》も、氷も水も粉薬みたいなカラカラの微粉末に変わってしまっていた。

真白になったシャンデリアがドシャンと落ち、もうもうたる白けむりになったのを合図にしたかのように、ダグラスの目の前でレストランは崩れはじめた。柱が自重にこらえきれず、乾いた音をたてて砕け、それで壁ももちこたえられなくなった。あちこちで亀裂がメキメキと鳴り、天井は弱い部分から次々と抜け細かい砂になって彼にふりそそいだ。

いや、まだだ……。

ダグラスは身動き一つできぬまま唇を嚙んだ。指先が氷のようにつめたい。

カレンはまだ笑っていた。笑ったままマネキンのように横倒しになって、崩れおちるレストランに呑《の》みこまれた。ダグラスは絶望的な表情でそれを見送った。やがて彼のまわりのすべては細かい断片に分解され、ただよう微粒子となって色と形を失った。遠くの方になじみぶかい何かの姿を見たように思ったが、それはダグラスを嘲弄するように渦まく微粒子に阻まれてすぐに見えなくなった。

そうしてなにもかもが、ゆったりした静止にむかった。

すみれの花が咲いている。

ダグラスの掌《てのひら》の中心から緑色の茎がのびて、そのてっぺんで花弁がゆれている。澄みきった露がひとつぶ震えていた。ダグラスは気のぬけたように笑い、手を裏返してぱたぱた振った。すみれは崩れて白いパウダーになり、彼の手にあおられて埃《ほこり》のように泳いだ。それは、ぱさぱさに乾いていた。

ダグラスは白の中にいた。

上下左右が、白く乾燥した霧にとりまかれているのだ。浮遊する、濃密な微粒子だ。さわさわいう、かすかなノイズも聞こえる。

ここがどこなのか、いつからこうなのか、彼にはわからなかった。以前の記憶がないわけではない。だが彼のそれまでの生活とこの場所との間に連続性がなかった。どんな経緯でここにいるのか、そもそもここは何なのか。その見当がつかない。夢を見るのに似ていた。だがこれは夢ではない――少なくともただの夢ではない。ダグラスはそう考えていた。

こんないいかげんな夢があるものか！

ダグラスはパウダーの浮遊する頭上を仰いだ。上だから他より明るいわけではない。変わりばえのしない、茫洋とした光の濃淡があるだけだ。

だが今は、そこで微粒子たちが意志あるもののように動きはじめていた。嵐の前の雲を思わせる動きだ。それらは、そこに幾何学的ななにかの図形を浮かびあがらせようとしているのだ。〝色〟もまた、そこにあらわれはじめていた。青い、澄明な光が、予定された図形の内側から放射されてくる。

ダグラスはかすかに眉を寄せた。

すると、光が折りたたまれる。

流れていた色が凝結し宝石めいた相貌をあらわして、そこに静止した。ピントがいきなり合って図形の——立体の輪郭《りんかく》がシャープになった。それは、塩の結晶だ。食塩の結晶の巨大な立体像が、いまダグラスの頭上に空間から彫り出されて浮かんでいた。彼が微粒子を使って描きあげたのだ。

微粒子は幻影の素材だった。

どんな形や色も思いのままに現実化できる。匂いや手ざわり、味も自由自在だった。イメージを注ぎこみさえすれば、しなやかに姿を変えて目に見え耳に聞こえるようにしてくれる。気の遠くなるほど長い間、ダグラスは数えきれない幻影を、紡《つむ》ぎ、彫り、捏《こ》ねあげつづけてきた。小さな花から映画より精巧な情景《シークエンス》まで。ひとは空白《ブランク》を埋めずにはいられない。それは生きることと同義だった。そして——妙なことだが——微粒子の方でもそれを望んでいるように思われてしかたがなかった。パウダーたちがダグラスの幻影を欲し、イメージせよと彼をそそのかすのだ。サーサーというノイズが微粒子の囁《ささや》きに聞こえてくる。そのうち、何かを描きたくてたまらなくなる。

霧に浮かぶ塩の結晶は一辺が十メートルはありそうだった。なんだってこんな妙ちくりんなものをイメージするのか、ダグラス本人にもよくわからない。パウダーを漫然と眺めていて、ある時ひとりでにできあがっていたものだ。それ以来のお気に入りで、比較的頻繁に作ってきた像《イメージ》だった。

しかし、それは不出来だった。

幾何学的な精確さが甘く立体感も妙に乏しい。色に生彩がなく、全体としてどこかあやふやだった。ダグラスは近視の人間がやるように目を細めた。不安が胸でひりついた。

前はこんなではなかった。

そうだ、前はこんなではなかった。もっと端然とした美しさが確かにあったはずなのだ。そう思ってダグラスは苛立《いらだ》ったが、具体的にどう美しかったかを思い出して頭上の幻像に投影することはできなかった。コピーを繰り返すうちに情報の細部が少しずつ失われていく。ダグラスのイメージ力の貧弱化はそれに似ていた。イメージとそれを支える記憶が不確かになっているのだ。しかも頻繁に思い出し幻像にするものほど、磨耗が早い。幻像を形づくる代償として、イメージと記憶が蝕《むしば》まれているとしか考えられなかった。自分の指先を切って、血で絵を描くようなものだ。記憶が幻像に変換されて少しずつ頭の外へ漏れていくのだ。

塩の立体がぶざまに歪《ゆが》んだ。

はじめ、まるで潮解を起こすときのように求心力を失い、ピントがずれ、ふいにあっけなく崩れて色も消えた。淀《よど》んだようなパウダーの渦がわずかに残って、すぐに見えなくなった。微粒子に与えたイメージは、放っておくと砂漠に撒いた水のように、跡形もなく吸いこまれ行方がわからなくなってしまうのだ。

うめきともつかぬ低い声を、ダグラスは喉の底からしぼり出した。心深くに固く封じこめてある恐怖がじりじりと胸の内側を這い登ってくる。

思い出しつづけなければならない。

イメージしつづけねばならない。

そうしないと幻像は乾いたパウダーに飲みほされてしまう。飢《かつ》えた微粒子に喰《く》いつくされてしまう。食われるより速くイメージしなければならないが、そうすればするほど彼の記憶はやせ衰えていく。そうしてすべてを忘れたとき、どうなるのだろうとダグラスは想う。たぶんその時はこの体も——これが体ならの話だが——崩れ去るのだ。

だがダグラスは空白に包囲されていた。ひとはブランクを埋めずにはいられない。教科書の余白にイタズラ書きをしなかった子供など一人だっていはしまい。

微粒子の囁きを聞きながら、彼は手のひらにかすかに残っていた冷ややかで硬い感触の記憶をさぐりあてた。——シャンパン・グラス。感触から逆算されて手の中に酒を満たしたそれがあらわれると、世界が酒とグラスを中心にしてめまぐるしく生起した。

テーブルが匂い、シャンデリアが煌《きら》めき、空気がかがやいた。豪奢に舞い踊る炭酸の泡のむこうに、淡いゴールドのにじみが人の形をとってあらわれる。両肩を出した白いドレス。ふわふわの髪。うす灰いろの瞳《め》の底を青がかすめた。

グラスを挟んで、カレンが笑っている。

「お誕生日おめでとう」

ダグラス・ベイカーは晴れやかに微笑んだ。もう何度この場面をくり返したろう。それがすり切れてしまうまで、あと何回残っているのだろう。

二人はグラスを合わせた。薄いふちがぶつかりあってカチリと鳴る。その音はこのうえもなくリアルだ。

2

〈ラグランジュ－Ⅲ〉の臨床局が一人の患者を収容した。

異例のことである。〈Ⅲ〉の臨床局は病院に似ていなくもないが、実体はまるで別物だ。二十床に満たない医療ブース群は患者のためにあるのではなかった。臨床局の所掌は、〈Ⅲ〉医学部の他局の成果を統合し、有機的に機能する医療システムをハードとソフトの両面から開発することである。逆説めくが、臨床局は実際の臨床をあつかうセクションではなく、臨床をシステムとして研究する部局なのだ。そのベッドに横たわっているのも精巧なダミーだった。臨床局は目下、ＩＣＵの高度な発展型としての医療ブース開発の詰めにかかっていた。

だから小泉祐子《こいずみゆうこ》は臨床局に急患がかつぎこまれるなどという事態は金輪際起こりっこないと思っていた。だいいち〈Ⅲ〉には研究員や職員のためのりっぱなメディカル・センターがある。

それに、どんなに忙しくても三時はお茶の時間だ。友人の植物学者が〈Ⅲ〉の〝栽培場《プランツ・プラント》〟でひそかに作っている緑茶の逸品を、ていねいに淹《い》れて二杯のむ。ミルクとれんげの蜂蜜を忘れずに。

それが、その日は一杯でおしまいになった。個室のインターコムがチャイムを鳴らして職場に戻るよう伝えてきたのだ。お茶の時間についてはちゃんと雇用契約でとり決めてあったので、祐子はもちろんチャイムを無視して茶碗に蜂蜜をたらした。それを狙いすましたみたいに、非常呼集のアラートが耳をつんざいた。大量の蜂蜜がお茶を台なしにしたのは言うまでもない。

お茶より警報の方が優先する旨も、契約にあった。祐子は憤然と立ちあがり大股で個室を出、肩まである髪をかきあげかきあげ、急ぎ足で走路にむかった。

〈ラグランジュ－Ⅲ〉は番号《ナンバード》つきスペース・セツルメントのひとつで、月以遠を除けば、人類の宇宙構造物としては最大の規模を誇る。生物学、医学、化学にまたがる広大な領域をカバーする、半官半民の超国家的研究機関だ。二万五千人を超える研究員、職員を擁し、その業績ははかり知れない。しかし最近の国際関係の緊張に伴い〈Ⅲ〉の存在にクレームがつけられることが多くなった。厖大な経費の負担配分、敵対する陣営が相乗りしていることからくる軋轢《あつれき》、そういったごく下らない理由でだ。〈Ⅲ〉の志気にも少なからぬ影響が出ている。祐子はそんな状況を苦々しく思っていたし、つまらない警報――たぶんヘザーか誰かのイタズラだ――を妙に不安がっている自分も気に食わなかった。

五分弱かかった。つごう十八基ある医療ブースを集中管理する管制室だ。

「仕事だよ」

制御卓の方を向いたまま、ヴィクターが間の抜けたテューバみたいな声で言った。

せっかちな祐子は彼と会話していると、たまにつんのめりそうな気がすることがある。だが、あのしょんぼりした熊のような背中に騙《だま》されてはいけない。ヴィクター・ホルは臨床局指折りの穎才《えいさい》で、三十代半ばにして医療ブース開発の現場側最高責任者なのだ。

「そうでしょうとも。大仰なチャイムを鳴らしてくれたわね。どんなトラブル？　急患でもかつぎこまれたのかしら？」

「よく判ったな」

祐子は確かにつんのめったと思った。ヴィクターはふりかえらずに続けた。

「〝プレジデンシャル・スイート〟にお客さんだよ。上客だ。あんまり上客過ぎてどうしていいか見当もつかないくらいさ」

祐子はおどろいて正面のディスプレイに目をやった。作動中なのはただ一基。ホテルの貴賓室になぞらえてあだ名のつけられた最高の機能をもつ十八号ブースだった。

「冗談じゃないわ、ここは病院じゃないのよ。五分も行けばメディカル・センターがあるじゃない。なんで臨床局が急患を引き受けなきゃなんないの。馬鹿げてるわ」

「うちでなきゃだめだったのさ。十八号でなきゃ手に負えない」

妙に確信のある語調だった。祐子はちょっとたじろいだ。

「大した病人なのね。大統領《プレジデント》か誰かなの」

「今、大統領制を布《し》いている国はない。それに〈Ⅲ《うち》〉の財団と各国首脳部の仲が思わしくないのに……」

「ジョークにはいちいち答えてくれなくってもいいわ。それで——全体、あれは誰なの？」

　ヴィクターは答えるかわりに肩を竦《すく》めてみせ、祐子はおや、と思った。普段の彼ならにこにこ笑って首をふるだろう。彼なりにナーヴァスになっているのだ。祐子はちょっとだけ不安になり、それをふり払うように自分のコンソールを生き返らせた。十八号のメイン・コンピュータにアクセスする。たしかに患者の名は未確認だった。〈Ⅲ〉の職員ではないのだ。いまＩＤバッヂから患者の本国にあるカルテと生体的特徴の照合を急いでいるところだった。

「ジャーナリストだよ。先週資料室が一般公開されたろ。あれさ」

　ヴィクターはそう言って顔を曇らせ、細いため息をついた。祐子はそれを聞きとがめた。やはり普通と違う。それに管制室は——今になって気づいたのだが——いつになくがらんとしていた。彼女とヴィクターの二人きりだ。

「ねえ……何があったの」

「大さわぎさ」

　ヴィクターは言葉を探そうとして天井を眺め、ちょっと唇をなめた。

「……標本だ。資料室の標本なんだ。高度の遺伝子操作を施された菌類の標本が展示されていたんだ。風変わりな発酵をひとくさりデモンストレートするためにね。だが、サンプルは別物だった。どこかで取り違えてしまったらしい。間違ったサンプルは、当初のサンプルのために用意されたケースに収納して展示された。給気装置のフィルタは、その間違ったサンプルの胞子には目が粗すぎたんだ。かれが……」ヴィクターは太い指で、モニタに映る患者を指さした。「犠牲者だ」

祐子は頭がぐらぐらした。たった一時間ばかりの休憩のあいだに何が起こったというのだ？ 菌類？ それが画面のなかのあの男にどんな災厄をもたらしたのだろう。それに臨床局にお鉢が回ってきた理由は？ いろいろな疑問がいっぺんにわいてきて、彼女は一瞬息ができなかった。

「ひどいわ」

それが最初に口に出た。

「なんでもっと早く教えてくれなかったの？」

「心外だな」

ヴィクターは気弱に笑って片目をつむった。

「せめて最初の一杯は邪魔しないでおこうと思ったんだよ」

祐子はつんのめらずにすんだ。身元の照合が終わったのだ。北米連邦国籍の、やはりジャーナリストだった。ダグラス・F・ベイカー。五十七歳。母国のカルテに目立った既往症はない。

手元のディスプレイで光のパタンが変わり、それで祐子は〝プレジデンシャル・スイート〟が本格的に作動しはじめたのを知った。患者の走査を終え、集中治療に移る。

祐子は病状を知るためにキイボードに手をのばして、自分の掌が汗で光っているのに気づいた、画面では、ミスタ・ベイカーが今しもユニット内に収容されようとしていた。白くなめらかな光沢を持つポッドが、まるで柩《ひつぎ》のようにかれの姿をかくす。あの中で彼の身体は医療ブースと一体化する、神経系がプラグ・インされ、代謝支援システムがコネクトされるのだ。祐子は、今はもう見えなくなったダグラスの顔を思い出してみる。何でそんなことが気になるのかよくわからなかったが、彼の表情がなんとなく頭に残った。昏睡《こんすい》状態にあるにもかかわらず、その顔はまるで夢を見ているように見えたのだ。

3

「――食べないの？」

うながされて、ダグラスはえびのぷりぷりした肉にフォークを突き刺した。それはすばらしく甘かった。とても幻の味とは思えぬその微妙を賞味しながら、彼は内心ホッとしていた。味が前回と変わらなかったからだ。この情景《シークエンス》はまだ鮮度を保っている。

「うまい」

「でしょ」

論敵から同意を引き出した批評家みたいに、カレンは頷いた。ペンダントが揺れる。金の輪がはじきかえすシャンパン色の光も、まだ鮮鋭だ――

カレン、カレン、おまえはだれだ？

歌うように、そうダグラスは自問する。おかしなことだ。ダグラスはこのレディが誰なのかまるで思い出せないのだ。

ダグラスのイメージは――あたりまえだが――記憶をその支えにしていた。ことに精巧でリアリティのある情景《シークエンス》は、きまって彼の思い出に素材を求めていたのだ。子供のころ誕生日にひらいてもらったガーデン・パーティー。三度めの結婚で、しかもとうに諦めていた頃ようやく授かったひとつぶだねのクリス。それから念願のギリシア旅行を果たしたときのこと。ボタンホールに花をさしハンカチをプレスした初めてのデート。ダグラスは自分の人生の思い出深い断片をひとつふたつと拾いあつめては、微粒子の上に投影してきたのだ。

だがカレンはちがう。

この情景《シークエンス》はダグラスの人生のどこにも見当たらない。アンとの結婚生活はたしかにはやばやとおしまいになったが、かといってこんな女の子とデートした覚えはなかった。しかし、それならなぜダグラスはカレンの十七のバースデイのことを知っているのだろう？　アクアマリンやえびもそうだ。それらの知識はあたかもこの情景《シークエンス》にア・プリオリに組み込まれているかのようだ。するとこれは誰か他の者の夢なのだろうか。それにしては違和感がなかった。カレンと向いあって食事をすることは、とても自然でしっくりきた。ほんのたまにだがカレンを眺めていると、幻像のことを忘れあのいい知れぬ不安が薄らぐことさえあるのだ。他人のイメージではない。どこかで確かにこの子と会ったことがある。

どこで？

「指輪にしてもよかったんだ」

するとカレンはパールピンクの唇で笑った。

「だめよ、教えてあげない」

「どうして？」

うす灰色のまるい瞳がくるりと動いた。

「だって人がいるもの」

彼女の目が向いた方へ首をねじると、給仕長がすぐそばで肉塊を捌《さば》いて鮮やかな手並を披露しているところだった。

「やれやれ、指の太さがそんなに大それた秘密かい」

「そうよ」

カレンはふくれてみせ、それから目をおとした。「だって、そうだもの」

どこで？　いつ？

ダグラスは虫喰いだらけになった記憶をまさぐった。カレンのちょっとした言葉のくせや仕草のはしばしに目を配る。イメージできるからには記憶はまだ失われていないはずだが、かれの記憶を喚起するようなものは、何ひとつ見つからなかった。

「ねえダグ」

「ふん？」

鴨のローストにナイフを入れながら、ダグラスはその野生の味をイメージしようとしていた。

「副業の方は相変わらずパッとしないの？」

軽い調子のその質問に、かれはドキリとさせられた。ナイフが肉をすべって皿にぶつかり、その音にまた狼狽《ろうばい》する。

質問の意味はよくわかった。この情景《シークエンス》で想定されている頃、つまり三十前後、ダグラスは通信社の仕事の暇を見つけては小説を書きとばしていた。最初は少しばかり売れたが大したこともなく、そのうち尻《しり》すぼみになってしまったのだ。カレンはその事を尋いている。それはわかった。ダグラスが驚いたのはカレンがそれを尋いたからだったのだ。

ダグラスが微粒子の上に描いた人物で、こんな質問の仕方をした者はいない。幻影の情景《シークエンス》で交わされる会話は記憶をなぞっただけの、いわば消化されるためのルーティンだ。ところがカレンの質問は気まぐれで、突発的で、まるで本物の質問みたいに聞こえる。彼女自身が本当に知りたがってでもいるようだった。

「図星だった？」

笑って、しかしほんの少し心配げに、カレンはダグラスの目をのぞきこむ。その表情のこまやかでいきいきしたようすに、ダグラスはほとんど圧倒された。こんな時、彼はこの情景《シークエンス》の主導権を半分がた奪われたような気分になる。これはカレンの夢ではないかと思う。

「ねえ、どうしたの？　聞いちゃいけなかったのかしら」

「いや」ダグラスは首を振った。「全然」

そうして、彼は胸のうちに湧きあがってきた期待と興奮をむりにねじふせようとした。その願いが決して果たされないことは、かれが一番よく知っているのだ。このいきいきとした幻像《カレン》は、それでもやはりやがては白色の微粒子に飲みこまれてしまう仮そめの形相、ただのパターンでしかない。必要以上に思いいれるのは自家中毒以外の何物でもないのだ。

ふいに、ダグラスはそれを確かめたいという衝動にかられた。一見リアリティに満ちあふれたこの空間が、実は嘘っぱちに過ぎないことを、誰にともなく証明してやりたくなったのだ。それが自分の首をしめることになっても構わないと思った。ぶちこわしてやる。

何をしてやろう。

少し考えて、アクアマリンの指輪に決めた。幻の女の子に、でっちあげの指輪を贈るのだ。自分で拵《こしら》えた苦いジョークに顔を顰《しか》め、それからダグラスはひざの上の右手に目をおとして、その手のひらの中央にアクアマリンの指輪を想った。

砂のように小さな、青い光の粒が親指の先あたりにひとつぶあらわれ、流れ星のように辷《すべ》って掌の真ん中におさまった。次の光は生命線の端、三つめは薬指のつけねだった。細かな光があとからあとから生まれ、手のひらの底へすべりおりてゆき、それが凝集してひときわ強く輝《かがや》くと、宝石が冷たくそこにあった。信じられないほど完璧なアクアマリン。それはプラチナの台座のてっぺんで、いささかの媚態もない澄んだ青と、底深い鉱物の煌めきを誇らかに示した。

「カレン？」

「なに」

「いいものをあげよう。ぼくがつくった」

左手の指でつまみあげて差し出すと、シャンパン色のひかりの中で宝石はあくまで硬く、そして青く孤絶した。カレンは息をのんでことばもない。

「さあ」

ダグラスは腕をのばした。アクアマリンはシャンデリアの光をあたかも拒むように散乱させてキラキラと光の箭《や》を放った。カレンの指がおずおずと伸ばされてダグラスの手と触れあったそのとき——

ダグラスはたしかに「ピシリ」という音をきいた。カレンの指がびくっと震えた。

何かが割れた音。

ひびが一すじ、ダグラスの目の前を走った。それが彼の視野に瑕《きず》をつけた。メガネをかけていたわけではない。そのひびは、何もない空間に入っていたのだ。

乾いた音が耳を打って、ふたつめのひびが走った。ダグラスの目はアクアマリンに釘づけになった。亀裂の起点はその宝石だった。それがまわりの空間と齟齬《そご》を生じて、情景《シークエンス》を脆《もろ》くしていくのだ。五つめ、六つめのひびが入り、その頃には最初のが大きく割れひろがって、そこから微粒子がサラサラとこぼれおちていた。

まただ……。

胃をしめあげるような絶望がダグラスを打ちのめす。直後、放射状にひろがった無数のひびが爆散し、鏡のように割れた光景の向うからパウダーが雪崩《なだ》れかかった。噴き出しあふれる微粒子は強い風圧をともなって、またたく間にダグラスの視界をさえぎり、彼の手から指輪とカレンの指の感触を奪った。

「……ダグ！」

声は途中でかき消され、遠くへ吹きとばされた。自分の叫びさえ聞こえなかった。ひとしきり渦巻いた微粒子はやがて静止して、嘘のように静まりかえった。レストランはむろん跡形もなく、シャンパン色の光も拭《ぬぐ》い去られて、ただ白色の濃淡があるばかりだ。

徒労感と自棄がダグラスを蝕んだ。

このうえ何をするというのだ？ そう自問することさえ億劫《おっくう》だった。

砂をもてあそぶように、かれは微粒子を掬《すく》いあげては指の間からこぼした。下へ落ちるあいだに、微粒子はダグラスのイメージの断片を拾いあげて無作為にうかびあがらせた。貝殻《かいがら》。懐中時計。フライドポテト。小銭。

「ねえ、ダグ」

その声を背中で聞いて、ダグラスは全身を凍りつかせた。ありえない声だった。ここではイメージしない限り、そら耳だって存在しない。

「ダグ？」

彼はふりむき、そこにカレンを見つけた。

「ここはどこ？ あたしたちどうしたの」

細い腕でむき出しの肩を抱き、カレンはすこし震えた。

「寒いわ」

驚いたことに、その言葉であたりは確かに寒くなった。

「ダグ、ねえ何かしゃべってよ。ここはどこなの？」

4

「脳型コンピュータ？」

祐子はヴィクターの髭面《ひげづら》を見返した。

「それがどうしたの。大時代なインテグレーターの話でも持ち出すつもり」

「まさにそうさ」

ヴィクターは祐子のトゲに頓着しなかった。

統合脳《インテグレーター》は、大規模で複雑なシステム、例えば巨大な鉱工業プラントや宇宙船への搭載に期待がかけられていた、セルフ・メンテナンスのための奇妙な機構だった。

〝生理的〟スタビライザーと呼ばれたことがそのユニークさをよく示している。それは人間の神経細胞に酷似するバイオ・ケーブルで編みあげられた有機コンピュータで、セルフモニター機構の全体を一望できるような場所へ据えつけられる。ただしメイン・コンピュータの支配下には入らない。やがてシステムの稼動とともに馴化《じゅんか》した統合脳《インテグレーター》は、全体の動作状況のムードを大まかに感じとり「今日は調子がいい」とか「気分がスッキリしない」といった語彙《ごい》で、メイン・コンピュータと人間の双方に具申する。

「結局トラブル続きで実用化されなかったわ。当時の技術水準じゃとても無理だったもの」

「今だってそうさ。でもまァそれはこの際問題じゃない。厄介なのは、そのプランがいやに大衆ウケしたということなんだ」

ヴィクターは子熊のような目でディスプレイを眺めた。ダグラス・ベイカーの開頭手術はスムースに進んでいる。クモの糸より細いマニピュレータが菌類のコロニーに近寄り、さらにその五十分の一の細さの分肢を繰り出す。成長阻害因子をもつ、脳には無害のバクテリアを放つのだ。

「統合脳《インテグレーター》というのは、実は人工神経線維のためのハッタリめいたデモンストレーションに過ぎない。だが宣伝が効きすぎた。それが良くなかったんだ。変な話さ。有機コンピュータの方は成熟にはほど遠かったのに、破壊工作《サボタージュ》のテクニックはどんどん開発された。生物《いきもの》には生物というわけなんだろう。主として生物兵器のかたちで、それは進められた」

「菌類……」

　ヴィクターはなんとも悲しげに鼻を鳴らした。

「カビは動物の肉体を好む。中には生きてる人間の脳で繁殖するやつだっているんだ。素材としてはごく魅力的な部類に入るだろうさ。標本《サンプル》RT90は――それがあのカビの通称なんだがね――そうして作られた新種なんだ。あのままにしておけばジャーナリスト氏の脳に緩慢で致命的なダメージを与えるだろう。あれは――記憶を食うんだ」

　ヴィクターはポケットをさぐった。

「まあ〝記憶を食う〟というのはちょっと文学的な言い回しだけどね。それにあのカビは意識のデッサンも崩してしまう」

「その方が文学的だわ」

「なるほど」

　苦笑しながら嗅ぎタバコを引っぱり出し、さんざためらってから封を切った。

「でも記憶を食うってどういうことかしら。記憶‐意識ってのは部分の総体じゃないわ。具体的なひとつひとつの記憶を担う神経細胞なんてものはない。記憶‐意識は渾《こん》然《ぜん》とした単一の全体像として神経線維のネットワーク上にオーバーラップしてるのよ。それをホログラム的と言った人もいるわ。脳細胞に刺戟《しげき》を与えると、特定の細胞から特定の記憶だけが呼び出されることがあるけれど、それだって単にその細胞が特定の記憶のためのアクセスのチャンネルだというだけでしょう？　どうしたらあの性悪が記憶を食えるのかしら」

「標本《サンプル》RT90はニューロンの繋ぎめ《シナプス》にコロニーを作り、化学的に安定で毒性の強い物質――麦角アルカロイドに似たところがあるんだが――を生産する。これがある種の神経ホルモンの誘導体となり、神経線維を興奮させる」

「麻薬ね」

「そうだ。そしてその時脳を吹き荒れる嵐――神経電流の一部を、あれが食っちまうのさ」

「！　あのカビは電気で生きてるの！」

「電気だけじゃないがね。さて、記憶はプレイバックの間、その電流を奪われてしまう。食われてしまうわけだ。それだけじゃない。RT90は有機コンピュータに器質的な損傷も与える。RT90はグリア細胞をも栄養分として取り込む――むしろこの方が主食なんだが、そのためあたりの神経細胞は栄養補給を受けられずに死んでしまうんだ。神経線維ネットワークは接点を失い、呼び出しチャンネルは使用不能になる」

「それじゃRT90は自分の首をしめることになるわ」

「やつにとっては、とりあえず次のコロニーを作れるシナプスさえ見つかれば問題ないのさ。焼畑農業みたいなもんだ。こうしてアクセスのチャンネルが使用不能になることによって見かけ上の意識－記憶の形は大きく歪められてしまう。もちろんアルカロイドの活性成分の影響も出てくるはずだ。幻覚剤を連続投与されたのと同じだから」

「それが」祐子は壁面のLCパネルを見た。

「いまかれの上に起こっているのね」

そこにはダグラス・ベイカーの〝姿〟が映っている。白い柩のさまざまなセンサーがピックアップした情報をヴィジュアルなイメージに変換して表示しているのだ。無数の光点《ドット》が集まって、横たわる人の形になっている。それぞれの光点《ドット》の色調と輝度でベイカーの容態がわかる。祐子は顔の部分をズームした。ロングではカットされていた光点《ドット》が表示されてより詳細な画像になる。皮膚《ひふ》体温をしめす光点《ドット》が驚くほど精密にダグラスの寝顔を描き出している。祐子はユニットに収められる前のベイカーの表情をそれに重ねあわせてみた。

「かれは、夢を見るのかしら？」

「そうあってくれたらどんなにいいか！」

ヴィクターは両手を握りあわせて肘をついた。まるで祈るようなかっこうだった。

「標本《サンプル》RT90の誘導体は、記憶を呼び出すチャンネルを無作為に一斉に活性化するだろう。全部の電流を洩らさずかすめとるわけではないから、互いに関連しない雑多な情報が断片的に、しかも同時に再生される。そのうち呼び出される情報量が臨界を超えれば、ひとつひとつの意味価とでもいうべきものは無限に小さくなるだろう。断片が互いを打ち消しあって意味を曖昧《あいまい》なものにしてしまう。一種のホワイトノイズのようなものだ。彼はあらゆる色の光を同時に見、すべての音色を聞き、匂いを嗅ぎ、感触を覚え、味を味わう。それでいて、どんな色も見ていないし、何も聞こえず、匂いも触感も味もない。——いや、これはぼくが想像してるだけだから、必ずしもそうではないかもしれない。ただ、だからといって手をこまねいている気にはなれなかった」

祐子はいやな予感がした。自分の知らない所で物事が進行している。

「……それで？」

「手は打った。ミスタ・ベイカーの人格を崩壊から守るにはそれしかない。彼に夢を見せるんだ。それも普通の夢じゃない。無意識の表出ではなくてその逆だ。夢を見ることによって意識と自我を堅牢に構築できるような、そんな夢を、かれは夢みなければならないんだ！」

ヴィクターがほとばしらせた激情に、祐子はめんくらった。確かに彼は普通でない。にぎりあわせた手をほどき、ヴィクターは顔をおおった。その指に不自然なほど力がこめられている。まるで顔を握り潰そうとしているかのようだった。妙なことに、祐子はその方がよほど祈りらしく見えた。

5

「そんなにじろじろ見ないで頂戴」

カレンはコーヒー味のヌガーをひと口たべ、上目づかいにダグラスを見た。

「いけないかな」

「いけなくはないけど――あんなにゲラゲラ笑うことはないと思うわ」

「構わないさ。誰も聞いちゃいないよ」

「どうかしら」

シャンパン色のひかりが惜しげもなく撒き散らされて、食器や調度のふちをかがやかせている。ダグラスはヌガーを舌と口蓋《こうがい》のあいだですりつぶし、そのあざやかな芳香に目を瞠《みは》った。驚くほど鮮明な味だ。

レストランは元通りになった。

むろんダグラスがやったのだ。だが再構成された今回の情景《シークエンス》は、最前までのものとは比べものにならないほど、リアルで、澄明《クリア》で、感覚にあふれていた。壁紙の模様やテーブルクロスの織り目までがリフレッシュされ、くっきりと目に映る。あたりから余分なノイズは一掃されていた。これに比べたら今までの幻像など、ハトロン紙にくるんだ世界だとダグラスは思った。手に快いこのナイフの重みはどうだろう。低く流れるBGMの木管の囀《さえず》りときたら。

そしてカレン。今、彼女はデザートの最後を飾るミニアルデーズにかかろうとしている。小さな菓子の盛り合わせだ。その指にアクアマリンがひかった。彼女と宝石は情景《シークエンス》の瓦解を生きのび、再構築されたこの光景に当たり前のような顔をしてはまりこんでいた。

まるで夢のようだ。

ダグラスはそう考え、それからその文句の滑稽さに気づいてあやうく吹き出すところだった。その通り、たしかにこれは夢だ。そしてカレンはまさに夢のようにリアルだった。

あの崩壊のあとで、ダグラスはすべてカレンに話してきかせた。彼女自身パウダーに過ぎないことも含め、彼に説明できる限りのことはひとつ残らず。固唾《かたず》を飲んで反応を待ちかまえていたダグラスに、カレンは、もう一度あのテーブルに戻りたいと言ったのだ。

「だって、鴨がまだ残ってるわ」

あっけにとられ、一瞬後ダグラスは喉をそらして大爆笑した。声が微粒子を震わせ、情景《シークエンス》の生起がはじまったのだ。この世界は喜ばしい笑い、はしゃいだ笑いでできあがっている。

砂糖づけのさくらんぼをカレンの指がつまんだ。盛り合わせ《ミニアルデーズ》も、それでおしまいだった。ダグラスはレディの健啖ぶりに舌を巻きながらデミタスカップを皿の上に置いた。食卓のキャンドルはもうずいぶん短くなっていた。

「ねえ、出ない？」

スプンでカップをかき回して、カレンが言った。

「少し歩きたくなっちゃった」

「いいね」

ダグラスは顔をあげてカレンと目を合わせた。その途端、得体の知れない不安が風切り音をたてて彼の意識をかすめた。ダグラスは反射的に体をぎゅっとこわばらせた。無意識が何かの警告を投げてよこしたように思えた。とんでもないことを忘れちゃいないだろうか、か、か——？　ダグラスはかるい恐慌に襲われ、たじろいだ。それを反映して、空気に錆《さび》の匂いが混じる。燭台《しょくだい》の炎が不自然にゆらめいた。

「どうかした？」

「いや」ダグラスは首を振った。「いや、何でもない。出よう」

ゆっくり深呼吸していると嫌な匂いも消えていった。勘定をすませ、クロークでコートを受けとり、カレンの肩に上掛けをかけてやるころには気分も晴れていた。大丈夫だ。この情景《シークエンス》は今までになく上出来だ。毀《こわ》れるものか。ダグラスは胸の底で呟《つぶや》いた。

二人はドアの前に立った。ダグラスが取っ手をつかみ、それを手前に引いた。その刹那《せつな》、かれは予感の意味を正しく理解したが、もはや遅すぎた。

外だって?

ダグラスは大声で笑い出したい気分だった。外なんて、どこにもありはしないのだ。彼が自ら開けたドアの向うで、稠密《ちゅうみつ》な微粒子の壁があたかももう一つの扉のように彼の前に立ちはだかっていた。

6

「イメージをバックアップするんだ」

椅子《いす》の背をギッと軋《きし》ませ、ヴィクターは両肩の間に首をうずめた。「そうすることによってミスタ・ベイカーのアイデンティティを守る。それが手だ」

「わからないわ」祐子は首を振った。「具体的に説明して。どうしようっていうの」

ヴィクターは首をボキボキ鳴らしはじめた。懸命にリラックスしようとしているらしい。なにかのプレッシャーがかれにのしかかっている。祐子はそう思った。

「ブースと、ミスタ・ベイカーは一体化している。神経系も接続された。RT90が生理調節機能を阻害することを見越して、予備のフィードバック系を設定するためだ。むろん脳波のモニタもやっている。ルートは確保されているんだ。あとはその道づたいにかれの脳へ分けいって行けばいいのさ」

嗅ぎタバコのカプセルを鼻にあて、ヴィクターはそれを強く吸い込んだ。祐子はコカイン常用者の仕草を連想して嫌な気がした。

「われわれにはまだ人の夢を覗《のぞ》き見ることはできない。だが人に見せる夢はある程度なら自由になる。ユウコ、君は知らないかもしれないが、下界ではそうした手法をシステマティックに総合しようという研究が、主に文学者、音楽家、感覚合成《シンセンス》アーティストの間で進められている。イメージのバックアップというのはそこで創案されたアイディアで、言い換えればモティーフのボルテージを高めてやるということだ。さっきから話し合ってきたように、個人の記憶－意識には無数のアクセスのチャンネルがある。だが縦横無尽に走るそのネットワークには、必ずいくつかのキイ・ステーションを見出すことができるだろう。それがモティーフだ。それが励起されると多くのチャンネルが一斉に活性化される。君にもあるだろう、連想を特に刺戟される言葉とか、どこかで一度耳にしただけなのにいつまでも心に残り口ずさむだけでいろいろな感情がかきたてられてしまうメロディとか。たぶん人間が創造的な行為をしようとするとき、それが意識全体を活性化するための起爆剤になるんだ。〝プレジデンシャル・スイート〟のメイン・コンピュータに、そのモティーフを探りあてるためのプログラムを与えた。神経線維の配線状態から、キイ・ステーションのありかを経験的に割り出し、そこをマニピュレータで電気化学的に刺戟する」

「それで本当に夢を誘発できるの？」

「このまま手をこまねいていろというのかい？」ヴィクターは祐子に同意をせがむような顔をしてみせた。「ミスタ・ベイカーは今、我々の介助なしでは夢を見ることさえできない。モティーフをさぐりあてることができれば、そしてそのボルテージを高めることができれば、彼は夢を見はじめるだろう。ひとふしのメロディに心を揺り動かされるように、あるいはひとつの言葉から限りなく連想を紡いでゆくように、そのモティーフはかれの精神を創造に駆りたてる。意識は全面的に活性化され、モティーフを核としたダイナミックな運動系をつくりあげるだろう。そこから導き出されるイメージ群が、ランダムな断片、つまりは素材を縫いまとめ、意味にしたてあげてゆくんだ」

ヴィクターはディスプレイの方へ向き直り、指で目頭を揉《も》んだ。

祐子は訝《いぶか》しんだ。ヴィクターは手回しが良すぎる。ＲＴ90の事故は不幸なアクシデントではなくて、周到に用意された実験のようだ。それに、あの独善的な長口舌。まるで講義ではないか。彼は確かに有能だが、どちらかといえば寡黙な男だった。

「問題は――」

目を揉んだまま、椅子をわずかにリクラインする。

「モティーフの潜在力《ポテンシャル》だ。ミスタ・ベイカーのアイデンティティが確保できるかどうかはこの一点にかかっている。多彩で効果的なイメージの核になり、どうかすれば自走しかねないほどの強力な存在感とバイタリティにあふれたモティーフ。何よりも、それだ。〝プレジデンシャル・スイート〟が運よくそれを見つけることを、今は祈ろう」

ヴィクターは目から指を離した。光点《ドット》が織りなすベイカーの裸身は、刻々とその色あいを移ろわせてイルミネーションのように美しかった。そのひかりがヴィクターの髭面にちょっぴり映えていた。

「見ておきたまえ」

ぽつりとヴィクターがもらした。その口調はどこかピントが甘く、祐子はそれが自分に向けられた言葉なのかどうかよくわからなかった。もしかするとひとり言ですらないのかもしれない。それにしても何を見ておけというのだろう？　祐子はヴィクターの横顔からディスプレイ群に視線を移した。

「見ておいてくれ」

髭の下の口はそう動いたが、祐子の耳には届かなかった。

## 7

「何まごついてるの？」

カレンが脇からダグラスの顔をおかしそうにのぞきこんだ。

だがダグラスは動けない。かれの目の前で微粒子の密な壁がゆるやかにほとびようとしているのだ。粘りのある液体のような動きで、それは扉のこちら側へ寄せてくる。濃厚なホワイトソースみたいに見えた。あとじさろうとしたが、膝がいうことをきかなかった。でくの棒となって突っ立ったダグラスを、微粒子がこれまでにない、異常にスローな動きで包囲しようとしている。くるぶしを、ぞっとするような無感覚が撫でた。床の上をパウダーが這いまわっているのだ。

「どうしたの、すくみあがったりして」

カレンの細っこい腕が、ダグラスの肩をこづいた。

「平気よ。こんなの、ただの霧じゃない」

言うが早いかカレンは外へむかって、ダイヴするみたいに、ひらりと身を踊らせた。

おろしたての赤いヒールがダグラスの目の前で舞った。〝カレン〟が飲みほされてしまう！　あっと口をあけ、ダグラスは腕を精一杯伸ばしたが届かない。後ろ姿をせめて目で追おうとして顔をあげると、その口がさらにだらしなくぽかんとひらいた。間の抜けた顔だ。

「ほらね」

ドアの向うでカレンが笑っていた。ちょうど彼女が踏み出したぶんだけ微粒子がしりぞき、そこがカレンのためにしつらえられた小さなスポットのようになっている。

「ただの、霧よ」

その通りだった。いつのまにか、ダグラスの気がつかないうちに微粒子は本物の霧にすりかえられていた。湿った匂いのする、ただの霧が床をゆったりとすべり、鼻先をただよう。

その霧をかきわけて、ぬっと人影があらわれ、ダグラスは心臓が止まるかと思うほどおどろいた。むろん驚くことはなかった。レストランの客だ。

「いやはや、ひどい霧ですな」

大柄な女性を同伴した初老の男が、くたびれたホンブルク・ハットの水滴をはらい落としながら人なつこい笑みを浮かべ、それでダグラスは我にかえった。脇で、ギャルソンが困ったような笑顔をうかべて、律儀に待機している。

「ぼやぼやしないで頂戴。恥かしいわ」

　カレンが笑って手を腰にあてた。

「エスコートしてくれないの？　早くしないと今日が終わっちゃうわ。年に一度の日よ」

「大丈夫さ。明日の朝までは今日のうちなんだ。法律でそう決まっている」

肩をそびやかすと、ギャルソンに手をひらひら振って、ダグラスはドアをくぐった。背後で静かにドアが閉ざされた。空気は初春の肌寒さだった。歯のあいだからもれる息が白く凍え、霧と混じりあった。霧は、まだ深く厚かった。重く、泰然として二人を取り巻いている。ほとんど、何も見えなかった。

「行こうか」

　歩き出したダグラスの袖《そで》を、カレンがツン、と引いた。

「？」

　立ち止まった彼に腕をするりとからませて、

「いいわよね」

　余裕たっぷりに笑ったが、そばかすを散らした頰は怒ったときのように真っ赤だった。

「もちろん」

ふたりは一歩を踏み出した。

だしぬけに、霧が晴れた。

音はなかった。風すら、そよとも動かなかった。はじめの一歩の、ダグラスの爪先にあおられて、そこの霧がわずかに退き道をあけたのがきっかけになった。二人が歩調を合わせてあるく、その進行方向に沿って霧はどんどん蹴《け》ちらされてゆき、やがて雪崩を逆回転で見るみたいにあたりの霧を次から次へと巻きこんで遠くへ、遠くへと後退してゆく。存在しない爆風に吹きはらわれるようにも見えたし、大瀑布が逆流したようでもあった。

二人は、ジュディ・ガーランドとアステアの〝洒落者コンビ《カップル・オヴ・スウエルズ》〟みたいに意気揚々と、霧をけしとばしながら、腕を組んでアヴェニューを闊歩《かっぽ》した。潮《しお》が引いたあと、さまざまの水棲物《すいせいぶつ》がとり残されているように、ダグラスとカレンのまわりには夜の街が残ったのだ。

濡れた敷石が組み合わされた、磨《す》り減った歩道。それを照らしている街灯の支柱に取りつけられた大小の標識や目印。軒をつらねる店々。ウィンドウからはだいだい色の光があふれ、その中で、バッグ、家具、電気器具、衣料、香水が誇らしげに胸を張って、春が来たんだと触れまわっていた。ポロ・コートをクリーニングに出し、カーテンを替え、籐《とう》の椅子を出して、庭の花壇にかぶせておいたそだをとりのけるのだ。

空缶がころがっていた。読み捨ての新聞がちらばっていた。店の横手にゴミバケツが並び、犬がそれを嗅ぎまわっている。バス停と、それから道路だ——黒ぐろと横たわるアスファルトは、ほとんど見えない。ヘッドライトとテールランプが赤く白く往き来し、信号がそれをせき止め、黒っぽい歩行者の流れを作り出す。道をはさんだ向い側では、今しも霧の中から街並みが姿をあらわしているところだった。きらびやかなネオンの劇場は、レビューの回が終わって客を入れ替えるのだろう、人でごったがえしていた。それからあれは電話ボックスだ。中に人がいる。その男はどこかの他の町に電話をかけているのだろうか？

ダグラスは顔を空にむけた。霧はなおもひきつづけ、やがてそこに黒く聳《そび》える摩天楼のスカイラインと、その上にちりばめられた幾千万の窓灯りが威容をあらわした。霧の後退速度は遠ざかるにつれて加速度的に増加し、はるかな高みで夜空に溶け、瞬《また》く星ぼしが生成した。霧が晴れたのか、それとも微粒子に形が与えられたのか。ダグラスはもう考えたりはしなかった。そのふたつは、結局は同じことなのだ。

「星だわ」

カレンの声が白い吹き出しになり、夜気に溶けていった。

そして、音が一斉に蘇《よみがえ》った。一瞬、鼓膜がうおんと鳴り、すぐにひとつひとつの音が聞きわけられるようになった。クラクションが響き、缶ビールがころがり、犬が吠える。それからあの雑踏のどよめき。それは人々の靴とおしゃべりがたてる、街の音だった。

「軽く飲《や》るかい？」

「そうね。高い所がいいわ——この街が見渡せるところ」

「ぼくの知ってるバアがいい。ビルのてっぺんにあるんだ」

「避雷針の先っぽじゃ、まだ寒いわ」

「だから飲むのさ」

もちろん、バアの空調は上々だった。カレンとダグラスはカウンターの端に腰を下ろした。そこから巨大な一枚ガラスをまたいだ眼下に、もうひとつの星の海がひらけている。ダグラスの二杯めのタンブラーがあらかた空いて、氷の角がまるくなっていた。

「ねえ」

「ふん？」

「話の続きをしましょ。小説の話よ」

「……ふん」

「最近見かけないわ。……その、心配してたのよ？　売れないわけじゃないんでしょう」

「まあね。ただ、自分が作家むきじゃないのに気づいただけで……愚痴っぽくなるからよそうぜ」

「あんまりよしたくなさそうな口ぶりね」カレンはダグラスのタンブラーをくるくる回して、カウンターの奥に声をかけた。「この男のひとに一杯さしあげて」

ダグラスは口をへこませた。

「なんて顔してるの。おごったげるのよ。それとも〝そんなことないわ。どういうことかきかせて頂戴〟と言って欲しかった?」

「そうとも」

「聞かせて?」声がやさしかった。

「今になってようやく気がついた。実はぼくは言葉をあつかうのが下手だったんだ。苦心惨憺《さんたん》して選んだ言葉が、みんな的外れなんだぜ。書けば書くほど、本当に書きたい文章から離れちまう。あさっての方へ行ってしまうんだ——笑うなったら——そりゃぼくのは他愛ない三文ロマンスだ。大した物じゃない。けどね、これだけは言っとくけど書くってことは単なる文学的価値の生産行為じゃないんだ。走ることが記録《レコード》のためだけじゃないのと同じさ——笑うなよ——走るときに体が思い通りに動かなきゃ誰だってクサる。それっぽい気分なのさ、今はね」

話のあいだ中クスクス笑っていたカレンは、とうとう声をあげて笑いだした。

「おい、こちらのお嬢さんに一杯お返しだ――いや、やめとこう。酒癖がよくない」

「あらいただくわ――ごめんなさい、笑ったりして。でもおかしかったんだもの。ねえ、それってローティーンの恋の悩みに似てると思わない。ぼくはアンが好きなんだ。だのに彼女がそばにいると苛めてしまう」

「名前はすげかえといてくれよ。アンとは何とか友好的に別れられたんだ」

カレンは口をつぐんだ。タンブラーの中でカラリと氷が回った。

「ねえ、ダグ」

「ふん？」

「あなた、忘れてしまうのが恐いって言ったわね。パウダーに飲まれることが。あの微粒子のなかで、あなたはほんとうに恐がってたわ。でも、いい？　覚えていなくたっていいのよ。それは全然重要じゃないの。ただ、思い出してくれなくては、だめ。いつかまた、あなたはあたしに出くわす。その時には、今度こそあたしが誰なのかを思い出して、ここでこうしてお喋《しゃべ》りしたことがあると、思い出して」

「ひとつ教えてくれないか」

優しく首を振りながらダグラスは言った。

「覚えてるってことと、思い出すことはどう違うんだい」

「いつかわかるわ」

カレンはにこにこした。

「だって――言ったでしょう――あなたはまたあたしに会うんだもの。そしたらわかるわ。そのときはこれが目印になるのよ」

カレンは手をあげてみせた。アクアマリンがそこで微笑した。

カレン、カレン、おまえはだれだ？

「握手して頂戴」

ダグラスは、差し出された小さな手を握った。その手を引き寄せるようにして、カレンが体を近づけた。すばやいキスだった。下から、まるで啄《ついば》むようにダグラスをかすめたのだ。ドライ・ベルモットの甘い香りが彼の唇を刷《は》いた。

「バイバイ・ダグ。バースデイは終わりよ」

同時に秒針が12をまたぎ越えた。

そしてダグラスは見た。眼下の街の、色とりどりの灯りが大きくはためくのを。波に砕かれた水面の夜景のようだ。ダグラスは名状しがたい気分を感じていた。今まで気がつかなかったのだが、夜景の中に見覚えのあるパターンが隠されているようなのだ。かれの目の前で、とても馴染《なじ》みぶかい何か、巧妙につつみかくされていたそれが明らかになりつつある。

砂つぶのような光の群れがざあっと動いた。歪み、隆起し、陥没し、生きもののようにうねる。今やそれは地面を失って光点《ドット》のパターンと化していた。色調と輝度を刻々と移ろわせて、そこにイルミネーションで描かれたダグラス・F・ベイカーの顔がうかびあがる。それは、今にも目をさまそうとしていた。

一枚ガラスは消えていた。床もない。ダグラスは一片の微粒子もない空間を、自分の顔めがけて落ちていった。風がダグラスの頬をはたいた。

「――それから夢もね。また会いましょう」

風が聞き覚えのある声で囁いた。

8

ヴィクター・ホルは地上勤務を命じられ、引き継ぎもそこそこに慌ただしく〈III〉を離れた。ダグラス・ベイカーの手術後、わずか十日のことだった。しかし祐子以外にこの二つのことを結びつけようとする者はいなかった。標本《サンプル》RT90の事故は、誰にも知られていなかったのである。祐子は記録上あの日管制室にいなかったことになっていた。十八号ブースの稼動も、ダミーを使った実験として処理されていた。

祐子はなんとか彼と話をしようとしたが、果たせなかった。スケジュールの問題だけでなく、ヴィクターはつとめて彼女を避けていたのだ。手術後ヴィクターは祐子に口止めをした。その真意が知りたかった。

祐子は手術について何ひとつしたわけではない。実際の処置はすべて〝プレジデンシャル・スイート〟がやったし、アイディアはヴィクターのものだ。しかし祐子は自分が利用されたなどとは思わなかった。状況から見てむしろこう考えるべきだろう。つまりヴィクターは彼ひとりで対処するはずの仕事に祐子を呼んだ。一人で十分だったにもかかわらず。そしてその事が祐子に不利にならないよう手を打った。

結局、かれはただ立ち会ってほしかっただけなのかもしれない。

「見ておきたまえ」というかれの言葉は、そうとでも考えなければ説明のつかないものだった。だが、なぜ？

祐子は思うところがあって、RT90について調べてみようとした。たまたま自分の端末からではなく、オフィスの共用ターミナルで局のメイン・コンピュータにあたったところ、誰何された。職員ナンバーの入力を求められたのだ。危険を感じてそこでやめ、次に十八号ブースのコンピュータ経由でアクセスすると、うまい具合にデータが手に入った。

RT90は確かに当初は統合脳《インテグレーター》に対応して開発に着手されている。だがその後方針に変更があった。最終的に、RT90は対人生物兵器として完成されていたのだ。

開発国の名をたしかめると、祐子はプリントアウトを粉ごなに裁断し、パルプ再生ラインに放りこんだ。

数週間後、再選されたばかりの北米連邦首脳団《UNA》が〈ラグランジュ－Ⅲ〉を表敬訪問した。〈Ⅲ〉の財団とUNAの関係改善を示すできごととして、ひいては他の国家連合との友好関係回復の兆しとして、〈Ⅲ〉はこれを大歓迎した。

9

雲が速い。

窓越しに見るからそう思えるのだろうか。風が出て、病室のカーテンが揺れる。初秋の日射しをあびて、それは視界を眩《まば》ゆく泳いだ。

ダグラス・ベイカーはベッドの背を起こしてそれに身体をもたせかけていた。午後のカリキュラムを終えて休んでいるのだ。

機能回復訓練はまずまず順調に進んでいた。語彙はずいぶん取り戻したし、会話能力も日常会話には十分過ぎるほど回復した。半年前、意識が戻ったばかりの頃は、話しかけられても意味がわからなかった。音を正しく出すことさえできなかったのだ。

だが、それでもダグラスは自分が誰なのかは覚えていた。〝わたし〟というのは言葉によって支えられた架空の概念、見かけ上の存在でしかないが、それが残っていたということはダグラスの言語能力に回復の見込みがあることを意味していた。ダグラスの命綱は切れてはいなかったのだ。右手に残る麻痺は長びくかもしれないし、欠落した記憶は、かれ自身のものとしては二度と復旧しないだろう。だが、もちろんそれは最低の状態ではない。脳死寸前の状態からここまで回復したのだ。むしろ非常な幸運と呼ばねばなるまい。

ダグラスはようやくこの間、事故当時のニュース・スプールを見せてもらった。連絡艇《シャトル》の気密ブースの循環装置《サーキュレーター》が故障して、酸欠状態になったのだ。そう解説者が喋っていた。自分の事故を古いニュースで見て知るという経験は、ダグラスを複雑な気分にした。そのせいだろうか。彼は何度そのスプールを見ても実感が湧いてこない。誰かよその人のことか、でなければ全くの作り話のようだ。他人のジャケットをあてがわれたような気がする。窮屈で、無理に動けば破れてしまいそうだった。

高い空を、雲が流されてゆく。

ひときわ強い風がカーテンを大きくめくれあがらせ、整然とした美しい中庭の、古めかしい噴水がその向うにのぞけた。小一時間もすれば、あの脇の小径《こみち》に息子のクリスが母親と一緒に姿を見せるだろう。四十代も半ば以上過ぎてからの一人っ子だ。かわいくてならない。家族のことはちゃんと覚えていた。ダグラスは何よりもその事を喜びたかった。

「入るわよ」

ノックぬきで、女の声がした。

「ごめんなさい。手が塞がってて」ドアは女性を感知して室内へひらいた。両手の上にトレイを乗せている。「さあ、お茶にしましょ」

快活な笑いをはじけさせ、女は大股で部屋を横切った。きびきびした動きに白衣がよく似あっている。ダグラスのリハビリ・チームのひとりで、何くれとなく世話をやいてくれる。妙に気が合い、個人的に話しこむこともしばしばあったが、無理なく言葉を引き出してくれるという点で、彼女は願ってもない対話のパートナーだった。不首尾に終わったときの訓練などより、よほど心と言葉がのびのびする。

「いい葉が手に入ったのよ。友人が送ってくれるの。彼女のオリジナルよ」

ダグラスは食事用のミニテーブルを膝の上に引き出した。白衣の女がさました湯を急須に注ぐ、コポコポいう音が耳に心地よい。

「いい風ね」

「いい風だ」

緑茶の馥郁《ふくいく》たる香りがあざやかに立ちのぼり、ダグラスは目のさめるような気がした。茶碗をとりあげ少し含むと、上等の渋みとあるかないかの甘みが彼を優しく慰めた。

「うまい」

「でしょう」

「だからミルクとれんげの蜂蜜は勘弁してもらいたいね。だいいち君は日本人だろう?」

「そうよ」

不満げに彼女は口をとがらせた。

「英国人の真似することはない。紅茶なんて元は船底で茶色になっちまった葉じゃないか。玉露にゃかなわないね」

「それだけ達者な口がきけるなら、もうパジャマの替えはいらないわね」

「君が口説けるようになったら退院だよ」

ダグラスは茶碗をシャンパングラスみたいに目の高さにあげ、ウィンクした。その目尻《めじり》の皺《しわ》に、小泉祐子は思わず吹き出し、ダグラスもつられて笑った。

風が庭の木々を鳴らす。しばらくの間ふたりはひと言も口をきかず、その音に耳を傾け、風の肌ざわりを楽しみながら、お茶の香りをゆっくりと味わった。掌につつみこんだ焼き物の、厚い、あたたかい肌理《きめ》が、感覚のない右手までもほのぼのと温《ぬく》めてくれるようだ。ダグラスは自分がどこか深いところで癒《いや》されつつあるのを感じていた。

だが癒される事を感じるのは、どこかでなおも塞がろうとしない傷口を意識しているからだろう。その傷をつくったはずの痛撃を、ダグラスは想った。記憶から抜けおちているそのショックは、一体どのようなものだったのだろうか。

ダグラスは雲を眺めていた目を、細く窄《すぼ》めた。手を口のところへもってきて、簡単な単語をど忘れしたときのように曖昧に動かす。はっきりとした形にならない、何か感情の原型のようなものが、かれの中をゆっくりと吹きぬけてゆくのだ。それは甘い悲しみのようであったり、濁った愁《うれ》いのようであったりするが、感情になりきる一歩手前のままで停滞し淀んでは消えていくので、しっかりとつかまえられない。もどかしさに、彼は拳《こぶし》を作ってそれに歯をあてた。日に幾度か、こういうことがある。そのたびにダグラスはワッと泣き伏したくてたまらなくなる。そうできたらどんなにいいだろうとも思う。だが感情にならない思いはただくすぶるだけで、決して彼を泣かせてはくれないのだ。

「大丈夫？」彼の顔色を見て祐子は眉をひそめた。「気分が悪い？」

ダグラスは答えられなかった。膝の上にかがみこむようにして荒い息をついた。意識は明瞭だったがどうにもならなかった。これは一種の発作だ。なにか大事なことを忘れていて、忘れたことさえ忘れはてている。その古傷が痛むのだ。その傷にまつわる感情が、思い出してもらいたがってアピールするのだ。

もしそれが思い出せたらたぶん泣けるのだろう、とダグラスは思った。だが今は駄目だ。かれは突きあげてくる暗い泥流に、体をちぢこませ脂汗をたらして耐えた。

「大丈夫よ」

祐子はダグラスの肩に腕をまわし、抱くように体をぴったりとつけた。まわした腕に力をこめ、彼の痙攣《けいれん》する体をしっかりかかえこんだ。肩までの髪がさらさら鳴ってダグラスのうなじにかかった。

「あたしがここにいるわ。こうしてあげる。だから大丈夫よ……」

ダグラスの耳元に祐子は辛抱づよく囁きつづけた。彼のふるえが止まってもしばらくそうしていた。

「……」

「喋らなくてもいいのよ」

唇にあてられた祐子の指を、ダグラスはそっとはらいのけた。

「……いいんだ、いいんだ。自分でわかる」

ぎこちなく呟き、弱々しく笑った。

「まだ言葉が自分のものじゃない。自分の感情に自分で名前がつけられないんだ」

「――お茶を？」

「ありがとう。ありがとう」

こわばった舌をほぐすために、ダグラスは二度くりかえして言った。それですっかり気の抜けた言葉になってしまう。彼は枕に首を沈めた。

「あなた、何かを思い出したがっているのね」

茶碗をうけとってダグラスは頷いた。顎をひいただけなのかもしれない。

「夢のこと？　あなたは仮死状態のあいだに夢を見たって言ったわ。それなの？」

「そうかもしれない。そうでないような気もする――」

ダグラスは曖昧に笑った。夢は見た。それは確かだ。そしてその夢に、思い出さねばならないある重要なメッセージが含まれていたことも。だが、夢の内容を思い出すだけですべてが晴れるとは思えなかった。違うのだ。それだけではない。それだけでは十分でない。

では何が足りないのだろう？

「――われながら、見当もつかないのさ」

はっと鋭いため息をつき、ダグラスは祐子を見た。

「君は、ずいぶん良くしてくれる。感謝のことばもないくらいだ。なかなかそうと言う機会にめぐまれないけれどね」

「仕事だもの」

「そうかな。だとしたらあなたはよほどこの仕事にむいてるんだ。これはたぶん思い上がりだろうが、私の目には、君がまるで患者に対して献身しているように見える」

「光栄だわ。でもそれは買いかぶりね。あたしのしてるのはそんな大それたことじゃないもの。強いて言えば罪ほろぼしよ」

「君の仕事が？」

「そう」

祐子は自分に二杯めをたっぷりと注いだ。

「もう思い出せないくらい昔だわ、あたしの好きだった人が、あるかけひきに乗じて、知りたくてたまらなかったある領域に手を出したの。ひとりの人を犠牲にしてね。その、償いだわ」

「その、好きだった人のために？」

「いいえ」祐子はきっぱりと言った。「でも、誰のためなのかあたしにもわからないの。あなたに似てるわ」

「そうかな。こんなことを言うと叱りとばされてしまいそうだが、私はあなたがうらやましいな。あなたには仕事がある。そして私はそうではない」ダグラスは茶碗をひねくり回した。「似てなんかいない」ぬるくなった茶をすすって、今度はうんと細いため息をついた。その鼻先を風がかすめた。病室のドアが開いたのだ。

「ダグ！」

半ズボンと、細いすねが最初に目に飛びこんできた。

「ハイ、ユウコ！」

すねは三歩半で部屋を横切った。まりのように飛びこんでくるクリスからお茶のセットを守るために、ダグラスは腕をひろげて息子を抱きとめてやらなければならなかった。彼の鼻先で金髪がシャボンとお日さまの匂いをさせた。

「ママはちょっと遅れる。花屋なんだ。きっとグラジオラスを買うよ」

「今どき？　そいつはいいな」

髪をぐしゃぐしゃやられ、クリスはくすぐったそうに笑った。

「そうだダグ、約束のやつ、持ってきたよ」

肩にかけていたデニムのバッグを見せる。ダグラスはテーブルを収納し、膝の上に降ろさせてやった。

「重かったか」

「ぜんぜん」

「何なの？」

祐子がクリスの肩ごしにのぞきこんだ。少年は固いジッパーを苦労してあけ、バッグをさかさにした。ドサドサと音がして大量のペーパーバックがこぼれ落ち、シーツの上にちらばった。さまざまなジャンルの色とりどりの表紙は、しかしどれもこれも色あせていた。

「ダグラス、あなたそんなに退屈してたの？」

「そんなんじゃないぜ」

クリスがすごんでみせた。

「これはぜんぶパパの書いた本なんだ」

鼻の穴をふくらませている息子の頭に手をおいて、ダグラスはてれくさそうに笑った。

「若気の至りでね。われながら驚いたよ。よくまあこんなに書いたもんだ」

あれこれと手にとってはパラパラとめくってみるが、タイトルや表紙に見覚えのあるのはほとんどなかった。事故のせいなのか、それとももともと忘れはてていたのか。複雑な気分で、ダグラスは次から次へと拾いあげては戻していった。

「これを、読んでみようと思う」

誰に言うともなく、そう言った。

「いいことだわ」

「リーディングの訓練になる。もしかしたらまた書きたくなるかもしれない」

「そうしたらあなたにも仕事ができるわけね」

祐子はまるで肩の荷をおろしたみたいに笑って手近の一冊をとった。

*Birthday*

*Night*と表紙にある。ハイティーン向けのロマンスだった。それを開こうとして、やめ、ダグラスに手渡した。

「やめとくことにするわ。ここから先はあなたの領分だもの」

「ふうん」

「きっと見つかるわよ。あなたのすてきなモティーフが」

「だといいね」

本をうけとり一ページめをひらいて、ダグラスは古い本の匂いをかいだ。その途端だ。

ツンと鼻が痛くなり、それが目頭に伝わって熱くにじんだ。皺ぶかい目蓋《まぶた》いっぱいになり、あふれ出した。

涙が頬をつたった。

感情の原型がわきあがりいったん大きくふくれあがったあと、ある思いへと結晶化していった。それがダグラスに涙を流させているのだ。

「ダグ、ねえどうしたの？」

クリスが父親の膝をゆすった。

「何でもないよ。なんでもないんだ」

息子を膝の上に抱きあげ頬ずりしてやった。涙をあふれるにまかせ、晴れやかに笑い、そうしてようやく形をとったその感じを二度と逃がさないように心に刻みつけた。

それは予感——再会の予感だった。

# 星窓

さいきん、ぼくは少しヘンだ。

日付の感覚がおかしい。

たとえば夏の旅行の予定をぜんぶキャンセルした、あの日。あれは夏休みの一日めだったのだが（そして今日が夏休み最後の日なのだが）、その日との距離感がうまくつかめない。遥《はる》か昔のことのように思えたり、つい昨日のようだったり、どうかすると未来のできごとのような気がしたりさえする。そのくせその日のことはすみずみまでくっきりと思い出せるのだ。

だからまずあの日――星窓《ほしまど》を買った日のことから話そう。ぼくのまわりで異変が起きはじめたのも、ちょうどその頃なのだから。

その日の正午、ぼくは夏休みのプランをすべてご破算にした。フォートンの海衛星も、マリエ＝ライハの周遊も、バールフトの七日祭もやめにした。一年のアルバイトでためた金をトラベルプランナーから払い戻してもらい、予定表と耐G証明は庭で燃してしまった。理由をきかれると、じつは困ってしまう。当人にもよくわからないのだ。

はじめ三人連れの予定だったのが、ひとりは家のつごうで、ひとりは彼女とどっかへ行くことに決めて、ぬけていった。そのときでさえやめるなんて考えもしなかった。ひとりになってかえって喜んだぐらいだ。それが前日の晩、どんでんがえってしまった。一年がかりで作った予定表をながめているうち、ふいに白けてしまったのだ。頭の中でねじが一本はじけたみたいな気分が、そのときした。その気分をうまくいいあらわすのはむずかしい。とにかくもりあがりきっていた期待がふにゃふにゃとしぼんでしまい、「なんか面白くないな」から「ええい、やめちまえ！」までは、もうあっという間だった。

そんなふうにして、ぼくにはちょっとした大金とありあまる暇、それと芝生《しばふ》の焦げが残った。はじめのふたつは急を要する問題ではなかったし、最後のはどちらかというと親父の問題だ。それで、ぼくは金とありあまる暇をかかえて街に出た。

断っとくけど、そのときぼくは上機嫌ではなかった。どちらかといえば最低の気分だった。街は日ざしに白くかがやき、まさしく夏だったけれど、ぼくは歩きながらどんどん不機嫌になっていった。

後悔していたのだ。

だってそうだろう？　いぼ芋を山ほどむき、コンテナカートをころがし、メンテナンス・スパイダーの整備《メンテナンス》をやり、そうして貯めた金だった。プランだって旅行社が太鼓判をくれていた。われながらキャンセルしたのが信じられない。魔がさしたってやつだ。

ぼくはいらだっていた。

年をくった人たちなら〝ああそいつは若いもんにはよくあることだ。わたしも昔は〟などと言うかもしれない。小さな小さな〝ぱっとしないこと〟が埃《ほこり》みたいに少しずつ積もってきて、それがいとわしくてとつぜんムチャをする。ムチャする自分にいやけがさして、またいらだつ。あきれるくらいありきたりだが、だからといって胸苦しさが軽くなるわけじゃなく、ありきたりということにまた腹が立ったりするという寸法だ。

歩けば歩くほどイライラがつのった。カリカリしてもしょうがないくらいわかっていたけれど、だからといってどうにかなるわけでもない。夏の白い街はぼくの視線をことごとくはじきかえしてくるように感じられ、いたたまれず、ぼくは下ばかり見てあるいた。すくなくとも、空を見るよりはマシだった。

この星の空は最低だ。

よく晴れた青空なのに生気がないように見える。平板だ。言っとくけど、これはぼくの個人的な意見ではない。この星の人間はみなそう思っている。〝シールド〟のせいだ。

この星、ミランダは双子の月をもっている。どちらも自転しないし、十二万キロしか離れていない。しかも互いの位置関係がほとんど変わらない。これはすごくラッキーなことだった。ふたつの月のあいだに巨大な紡錘形《ぼうすいけい》の力場を安定的に展開できるからだ。それは星区間交通のステーションが安価に建造できることを意味していた。なにしろふつうなら双子の月を一から作らなければならないのだ。でも特異航法船が到着・発進するときの高次振動を、ミランダは至近距離で浴びるはめになる。それでミランダの空はシールドでおおわれることになり、ぼくたちはまっとうな空がおがめなくなってしまった。

空の見えかたが物理的に変わったのではない。高次シールドをつかう植民地に多発する〈シールド症候群〉がミランダにも蔓延《まんえん》したのだ。この精神疾患にかかったものは、ひどい場合には空が見えなくなる。上をむくと視界がスパークして気が遠くなるのだ。そんな重症はむろんとてもまれで、たいていは空が平べったく見えたり、星がにじんだりかすれたりする程度なのだが、それでもぼくらにとってそれは重大なことだった。というのもシールドは一度展張したらそのままにしとく方が安上がりだったから、ここ三十年というもの張りっぱなしになっているのだ。頭の上をでかい鍋《なべ》のふたで押えられたのと同じだ。

そんな最低の空を見るのはやりきれず、だからぼくは舗石を目でたどりながらあるきつづけた。しかし舗石もチカチカと視線をはじきかえす。街をあるくのがひどく神経にこたえた。じぶんの苛《いら》だちにふり回され、じぶんの視線にびくついて、そしてへとへとになる。いいかげんそれに堪えられなくなって、だから手近な通りの、はじっこの店にとびこんだ。

それが星窓屋《ほしまどや》だった。

星窓屋はこの街に十軒ある。ということはミランダに十軒きりということだ。ミランダの居住者は五十万あまりで、うち九割がこの街の住人なのだ。

そこはこの街でいちばんけちな星窓屋で、ということはつまりこの星でいちばんけちな星窓屋なのだった。店はそんなに狭くなかったけれど、客が少なすぎただけのことなのかもしれない。店のおやじはカウンターの中で居眠りをしていたし、その後ろにならべてあるギフトボックスやリボンも心なしか色あせていた。

ぱっとしない店だ。

だがそれでもそこは星窓屋で、そうであるからには星窓が置いてあるのだった。入ってすぐがギャラリーになっていて、その、まるでタブローのようにディスプレイされた星窓たちの間を、ぼくはうろうろとさまよった。

額縁で仕切られた矩形《くけい》のなかに、思い思いの宇宙がおさめられている。真鍮《しんちゅう》の額の、厚みのある縁どりの奥に腰をすえた老獪《ろうかい》な赤色巨星。細い青銀《あおぎん》のフレームのなかで孤絶したようにもえる星の、目に刺さる輝き。横長の画面を端から端まで横断するガス・ジャイアントの地平線。群れ星の配座。そして銀河。銀河たち。なにより素晴しいのは、これらすべてがリ、ア、ル、タイムの映像だということだ。

これを星窓と名づけたのは誰だったろう？　たしかに、これは窓なのだ。シールドにも、しめった分厚い大気にも妨げられない真空の星空をのぞむ窓だった。

目玉商品をならべた小さなギャラリーをぬけると、とたんにあたりはみすぼらしくなった。中古品や傷物のスペースがやたらと大きくとってあり、通路は埃っぽくカビの臭いがした。

品物も安っぽい。灯りは暗いくらいだのに、星の光がさっぱり冴えなかったり、ひどいのになると窓面のコーティング剤が変質して白く濁りかけていたりする。

その日たしかにぼくはどうかしていたのだろう、そんなささいなことで、おさまりかけていた苛だちがぶりかえしてきた。いいかげんな仕入れ、いいかげんな管理に腹をたててぐるぐるあるきまわるうちに、ひどい隅の方へ迷いこむはめになってしまった。狭いフロアのくせに陳列がでたらめなので戻り道がどれかすぐにはわからなかった。低声《こごえ》で毒づいて、通路を逆方向に五、六歩あるいたところで、ぼくは足をとめた。

何かひっかかるものがある。

ぼくはふりむいた。目の隅で一瞬なにかをとらえたのだ。何だったんだろう？　妙に胸が鳴った。通路を何度も往復し、何を見たのだろうと探したが、まわりにあるのは星窓だけだった。咳こむパルサー、埃と見わけのつかないガス雲、反りかえったコールサック。支持架にぶら下がってたりラックにぎゅうづめに押しこんであったりする宇宙の破片を、ぼくはさかんにかき回し、ほじくりかえした。今どうしてもそれを見つけなければ――そう口の中でつぶやいたような気もする。根拠もないのになぜだか確信のようなものがあって、何かがある、それを見つけるためにじぶんが今日ここにきたのだ、とそんなふうに思われてならなかった。

やがてそれはあっけなく見つかった。ふと首をひねるとぼくの視線が――いままではじきかえされてばかりだったぼくの視線が、そこへ吸いこまれていったのだ。

薄ぐらい片隅の、そこだけ闇の奥行きが違っていた。ふかく、羽根枕のように柔らかな闇が、がらくた窓をつみあげたかたわらに、ひっそりとうずくまっていた。足を一歩踏み出しても、その暗がりとの間合いはちぢまらなかった。ぼくは自分がそこへ手をのばしかけているのに気がついてあわてて引っこめ、それから思い直しておそるおそる闇を手さぐりした。指は、意外にもかたくなめらかな面にふれた。ひんやりと冷たい。

それは星窓の一枚だった。

額に手をかけてひっぱり出すと、埃がもうもうと舞いあがった。長いこと放置されていたのだろう。裏がえしてほこりを吹きはらい、あらためてのぞきこんでみる。

その中に星はなかった。

シャツの袖《そで》で表面を拭《ふ》き、照明を背中でさえぎって目を皿にしたけれど、プレーンなデザインの額の中にはやはりひとかけらの光もなかった。X線源や可視域外光なら変調装置で見えるようにしているはずだ。しかしそれもない。窓面は光を反射しないから顔を近づけてもぼくが映りこむことはない。のぞきこんでいると、焦点のあわせようがなくてめまいがした。自分のいる場所がわからなくなる。

腕をのばして遠ざけてみた。

そうしているとぼくの視線がおそろしいほどの深みの中へのみこまれてゆくのがよくわかった。いままでどこにも落ち着き場所のなかった視線が、何にもさえぎられず吸いこまれていく……。ぼくは心安らぐのを感じた。いらだちが嘘のように消え、シールドのないどこかの青空みたいにさっぱりした気分だ。

これは欠陥商品なのだろうか。だとしたら星窓のできそこないにこんな魅力があるなんて気づいたのはぼくが最初かもしれない。

そう思うと矢も楯もたまらず、欲しいと思った。星窓はけして安いものではないが、これはあまり大きくないし何より欠陥商品だ。そしてぼくのポケットにはちょっとした金がある。

ぼくは星窓をかかえてカウンターへむかった。ねぼけ顔の店主はうさんくさそうな目つきだったが、結局驚くほど安く値切れた。上首尾だ。店のドアをくぐりながらぼくはご機嫌でそう思った――今考えると、なんであんなに浮かれていたのだろう――。十七の夏休みを祝福するかのように、太陽はありったけの光をばらまき、街は白くかがやいた。暑い夏になりそうだった。

ききたまえ。

宇宙には（まれにだが）異物がまじりこむことがある。パンの中の砂つぶのように。

宇宙の存在のしかたを決める基本論理は一様等方に広がっているのではない。濃淡があるし斑《ふ》もあちこちにある。そのような場所ではこの宇宙の基本的性質がど忘れされたり、基本論理がゆらいだりするのだ。この宇宙の中にありながらこの宇宙のものではない、そんなふしぎな状態が生まれる。相反する複数の事実がダブってしまったり、粒子が負の質量を持ったりする。

こうした状態は長くは続かない。すぐに消える。

だが〝それ〟はすこしちがっていた。

それは消滅しようとせず、この宇宙の中にべつな時間の流れる小さな孤島をつくった。逆螺旋《らせん》をえがく時間が定在波のように安定してしまうと、その孤島はまわりの時間にのみこまれることがなくなった。この宇宙の摂理に小さなうろがあいたのだ。

もしかするとそれは他の宇宙から感染したものかもしれない。あるいは宇宙ではないどこかからかもたらされたとも考えられる。

それが何であるかを正確にしめすのはむずかしい。それは質量でもエネルギーでもないのだ（もしそうだったらこの宇宙はそれの存在を放置したりはしなかったろう）。

だがそれを情報《ソフトウエア》と呼ぶことなら、できるかもしれない。この宇宙の質量《ハードウエア》／エネルギーに憑依《ひょうい》し、だれにも理解できない論理《ロジック》で駆動するもの。

始末のわるいことにそれはやがて癌《がん》のように分裂増殖し、さまざまな時空のあちこちへ散らばって芽を出した。かすかな瑕《きず》ではあったがこの宇宙のアイデンティティはこのようにして脅かされはじめた。

えさ肉の中で孵《かえ》った似我蜂《ジガバチ》の幼虫のように、あるいはT4ファージが注入したウイルス核酸のように、それは甘く汁気たっぷりなこの宇宙で少しずつ領分をひろげていった。

星窓の原理を教えてくれようとした友人がいた。ぼくはありったけの理解力を総動員してかれの努力に報《むく》いようとしたけれど、結局むだに終わった。全然わからなかったのだ。業《ごう》を煮やした彼はしまいにこう言った――いいか、君はいま宇宙服を着て船外に出た。目の前は星空だ。さあ、そいつを切りとってこい。ガラス切りで空中に四角を描いてぽんと叩《たた》け。それを割らないように気をつけて額におさめたら、ほら、それが星窓だ。それをやるから持っていってくれ。そして二度と星窓のしくみなんか訊かないでくれ。と。

もちろんそんなものではない。まず空間のネガをつくり（いつもここでわからなくなる）、それから原盤《マスター》をおこして4Dフィルムに複製していく。二枚の高分子ボードで挟み、コーティングを施して、力場発生装置を仕込んだ額でしめあげる。本にはそうある。でも友人の開き直った説明を、ぼくはたいそう気に入っていた。星窓はもとの空間と直結している。そう考えた方が心たのしい。

あの星窓は、もちろんぼくの部屋にかけられた。本物の窓とむかいあう壁に。これはわりと気のきいたジョークじゃないかと思う。なにしろどっちの窓を見ても星は見えないのだ。ミランダの夜空は昼よりも始末がわるい。星はにじんだりかすれたりして、純粋に黒い空に光の汚れがへばりついたといったふうだ。それならはなから真黒な方がどれだけましか知れない。

　じじつ、ぼくの星窓はすてきだった。しっとりと重い、厚くやわらかな闇。それはぼくのささくれた視線を際限なくのみこんで、けろりとしている。たぶんそれは未感光のフィルムをたまたまはさみこんだだけなのだろう。でもそれなら、この星窓はどこでもないどこかへ通じていると言うことだってできるのだ。

　その晩、だから気分は上々だった。夕めしはうまかったし、宵のうちは涼しい風もふいた。自分の部屋に戻って、ベッドの下からとっときの酒とグラスを出した。これがまたうまかった。ふだんめったに入ってこない姉がノックしたときも、いつもみたいに邪慳《じゃけん》に扱ったりはしなかった(ただしすかさず酒は隠した。見つかると、すぐ飲まれてしまうのだ)。

「ただいま」

「あれ、珍しい」

「入ってもいいかな」

　ぼくは空《あ》いているイスを指さした。

「ねえ旅行をやめたんですって？　あんなにもりあがってたくせに、どうしたの」

「まあね」

説明のしようがないし、むりにすればケラケラ笑われそうだったので、なんとなくごまかすことにした。

「いやねえ、へらへらにやにや。気味《きび》がわるいじゃない」

遮熱コート《サマー》をさらりと脱いで、姉はベッドに腰をおろした。

「ま、いいか」ベッドの下に手をのばし一発で酒壜《さかびん》をさぐりあてた。グラスもふたつ。

ふたつ？

「うう」

「ふふ。あたしをだしぬこうなんて、青い青い」

「いつのまにグラスをキープしたんだ⁉」

「まあま、細かいことは置いといて」

グラスに酒がつがれた。

「乾杯といこうじゃないの。あんたの（たぶん）すてきな夏休みのはじまりに」

「はじまりに」

あおった酒の中になにかが混じっていた。歯にカチリとあたった。

「はれ？」

「どうしたの」

「ねじだよ」口からつまみだしてみると、それは小さな白いねじだった。「ねじが酒の中にはいってたんだ」

「ボトルにはいってたのかしら」

「まさか。ベッドの部品かなにかかな」

「やだわよ。夜中にバキベリなんて。あたし眠りが浅いんだから」

「あー」生返事をしながら、ぼくはそのねじを調べた。白い硬質プラセラム製で、小さいが精巧なものだ。昔どこかで見たようなねじ。つい最近見たばかりのような気もした。思えばこれが時間感覚のくずれのはじまりだったのだ。指先でつまんだねじを中心にして、日付と記憶がぐるりとねじられればばらばらに切り離されていくようなめまいを、ぼくは覚えた。むろんその時は酔いのせいにしてしまったのだけど。

「ああ、おいしかった」

グラスをあけると姉は立ちあがった。そうして見ると背がすらりとしていて、上気しかかった頬やのどのあたりなどなかなかだった。

「シャワー浴びてくるわね。グラスはそのままでいいから」

「まだ飲むのかよ」

「料簡がせまいのね。心配しなさんな。あたしのストックも供出するから」

コートとバッグをかかえ、出ていきざま姉は足でドアをしめた。バタンという威勢のいい音がした。その音をきいたとたんぼくは大変なことをおもいだした。それはあまりに大変なことだったので、しばらく体がじいんと痺《しび》れたようになって物を考えられなかった。

ぼくには姉はいない。

十年前に、姉は九つで死んだ。

そのことだけが頭の芯で高速回転していて、ほかのことを考えようとしてもその回転にはじきとばされてしまうのだった。何も考えられぬままよろよろと立ちあがり、姉の出ていったドアをあけた。

廊下にはだれもいなかった。

階下《した》は、両親のいる気配はあったがシャワーをつかう音はきこえてこない。ぼくはドアをしめた。

テーブルにはグラスがふたつあった。

ぼくはすとんと腰をおろし、無感覚な手で一杯ついでドアを見つめながらちびちびやりはじめた。やがてシャワーがすめば、姉はあのドアを通って戻ってくるのだ。歯がグラスにあたってカチカチ鳴る。ぼくは何度も星窓の方をながめた。そうすると少しは心が安らいだ。

三杯が四杯になっても姉は帰ってこず、五杯めをあけるころにはほどけかけた緊張のすき間から抑えられていた酔いが急にふきだし、六杯めを片づけきらないうちにぼくはあっさりねむってしまった。

翌朝ぼくを待っていたのは、いまだかつて味わったことがないほどの宿酔《ふつかよ》いだった。


それは動けないでいる。

厚さのない闇に密閉されているのだ。

いかなる経緯でそのようなことになったのか、もちろんそれは知らない。それはただのソフトウェア、それもいまは4Dフィルムの幾重にも折り重ねられた多層時間膜面構造に焼きつけられた活性化できないソフトウェアに過ぎない。意識も記憶ももたないのだ。それが持っているものといえば、この宇宙の論理《ロジック》を解体してしまう力だけだ。だからそれは存在というよりむしろ現象の範疇《はんちゅう》に属した。

しかし、意識はなくとも、それは感覚に似たものを持っていた。それが増殖するとそのぶんだけこの宇宙が減る。この宇宙が噛《か》み砕かれて低位の論理状態に解体される。そのときポテンシャルのシャワーが吐き出されるのだが、このシャワーを、それはたいそう好んだ。現象が「好む」というのは理解を絶した話だが、もしそれが何かの目的をもってこの宇宙に持ちこまれたのなら、あながち無意味でもない。それはシャワーの快感をもとめて胞子をとばすように増殖したのだから。

その胞子のひとつぶが、とつぜん平たい牢に閉じこめられた。力は不活性化され、

４Ｄフィルムに時間をうばわれ、いわば仮死状態にあって長いことそのままにされていた。

だがそれも終わろうとしている。

異変が起こった。

それが感じたことを視覚イメージに翻訳すると、暗い井戸の底から見あげた光のような映像になるだろう。ある日とつぜん、井戸の蓋《ふた》がとりのけられ光が射しこんできたのだ。

少年の、矢のような眼差しであった。

少年じしんも気づいていない強烈な光に似た効果が、かれの視線にはあった。白く眩《くら》む光のパルスが黒い面に突き刺さり、ひとしきりピンポン玉のように跳ねまわって、やがて減衰していった。しかし、パルスが跳ねまわることで、星窓平面に長さと幅と奥ゆきがもたらされた。距離がうまれると、次にはそこに時間が成立する。

こうして、ボードに挟まれた闇の中でなにかがゆっくりとほどけ、流れはじめた。

それは時間と呼ばれるものかもしれなかったが、しかしこの宇宙の時間ではない。


あの姉はいったい誰なんだろう？

空前の宿酔いにたおれふした床の中で、ぼくはその事しか考えられなかった。

姉はぼくが五歳のときに死んだ。事故だったのだと両親は言ったが、いまわしい噂《うわさ》はそのときすでにぼくの耳に届いていた。行方不明の三日後に発見された遺体は、下着をつけていなかったのだ。

昨夜《ゆうべ》このベッドに腰かけたのは九歳の少女ではない。姉が死ななかったらそうなってたかもしれない、女性だった。だが、もちろんぼくはそんな姉は一ぺんだって見たことはない。それだのにあれが姉だとわかったのだ。酒にめっぽう強く、きかん気で、泳ぎが（水着姿も含めて）ちょっとしたものだ、ということまで知っていたのだ。どうして？

脳がぱさぱさしていて、それ以上考えがすすまず、吐き気をこらえるのが精一杯だった。朝食がわりに母が置いていったウロコヤシのジュースをすすった。午《ひる》までだいぶあるのに、日ざしは街がもてあますほど強烈で、部屋の中にいると、外はハレーションして見えた。空調をきかせていたので室内はひやりとするほど涼しく、そのせいで、街は、熱をともなわない光の中へにじんでいくように思われてならなかった。

ジュースはミルクのように白く、濃い。そのグラスに口をつけかけたとき、何かがぷかりと浮かびあがった。グラスの底よりもっと深いどこかから浮上したようなぐあいだった。白い小さなかけらだ。つまみあげ、滴を切るとねじであることがわかる。ゆうべと同じもの。めまいが再び訪れ（宿酔いのせいだと思った）、苦いものがこみあげてきた。

ぼくは窓をあけ、ジュースごとねじを捨てた。外の異様な熱気にあてられ、そのままよろよろとベッドにたおれこみ、少し寝た。

その夜も姉はあらわれなかった。

しばらく平穏な日がつづいた。だがぼくは（そう、少しおかしいのだ）それらの日々のことをよく思い出せない。近郊の山に登ったし、友人と夜中にモノサイクルを乗りまわしたりもしたはずなのだが、それらの記憶はたがいにとけあいまじりあって、それどころかここ数年の夏休みとごっちゃになって、ひとつひとつの区別が判然としないのだ。

その間も、小さな妙なことがちょくちょく起こった。あの後もあちこちでねじが見つかる。はじめは部屋の中だけだったのが、次第に下階《した》や家の外でも出くわすようになった。そのたびにとっておくのだが、いつのまにか失くしてしまう。

それから芝生のことがある。耐G証明でつくったはずの焦げが、ある日を境にきれいに消えていたのだ。まわりの芝草と見分けがつかない。それだけではなかった。胸さわぎをおぼえて部屋に戻り机のひきだしをあけると——案の定——焦げどころかしみひとつない耐G証明と予定表がついいましがたおかれたばかりのようにそこにあったのだった。

燃やしたりしなかったのだ。そう自分に信じこませるしかなかった。けんめいにそのことを念じながら、けれどもぼくは恐くてしかたがなかった。いずれそのうち机のひきだしから行くはずだった旅行の写真が出てくるのではないかと感じて。それは不安というより予感に近いものだった。

起こったことと起こらなかったこと、あったこととなかったこと。その区別をなしくずしにしたりダブらせてしまうような力が、ぼくのまわりで働きはじめているらしかった。しかもそれはこの部屋を中心にして、しだいにその作用半径をひろげているのだ。ねじが、芝が、そして姉がそのことを示している。

姉。

一時期見かけなかった姉は、しばらくするとまたあらわれはじめた。だが、最初みたいなあらわれかたではない。

たとえばある日街を歩いていて、見知らぬ女性とすれちがう。そして十分もたってからとつぜん、ああさっきのは姉だったのだ、と気づく。そんなふうなのだ。それは安い定食屋でむっつりと食べている太った娘だったり、男にすがるようにしてあるいてくる派手なメイクの子だったり、図書館の閲覧室で見た針金みたいに痩せた女だったりした。たぶん彼女たちは、それぞれがありえたかもしれない姉の姿だったのだろう。得体の知れない力の作用半径がひろがるにつれて、波の下にかくれていた岩礁が顔をのぞかせるようにこの世界にふとあらわれては消えていく、無数の姉たち。

——日が暮れて、灯りが自動的に点いた。夏休みの最後の一日が終わろうとしている。ぼくは窓をあけに立った。日の沈んだ方角に夕映えの名残りが燃えていたが、それはやはり平板だった。その空の下は青い静かな夜におおわれはじめていて、建物のりんかくは見定めにくかった。机につこうとして部屋を横切り、ほとんど習慣になった動作でぼくは星窓をのぞきこんだ。

黒く、あくまで黒くなにも映しこまない窓。なにもかもがひどくあやふやでもろくなっていたけれど、この窓だけは作用に侵されることなく、ふところふかい闇をたもっていた。心を安らがせるために、ぼくは始終この窓をながめたものだった。

だが、それも今や終わりらしかった。

星窓は星窓でなくなりかけていた。

星窓の黒くなめらかな表面には、ぼくの顔が映っていたのである。

少年の眼差しは飽きることなく、ひっきりなしに射ちこまれた。パルスを嚙み砕くごとにたちのぼる快感に、それは震えた。少年の視線が搬送する思念は、それにとってまたとない美味だったのだ。だからそれは次のパルスを欲し、そのためにはどうすればよいかを試みはじめた。それが達した結論は外の現実空間とその因果律を乱して少年のストレスを高めることだった。

だがそれはうごけない。少年の眼差しがとびこむ瞬間に、指向性のつよいビーム状の論理《ロジック》を送り出すことができるだけだった。パチンコひとつで巨城を倒壊させるくらいに効率の悪い作業だったが、それは苦にしなかった。それの時間はこの宇宙のものではなかったから、成功することは予め知っていたのだ。

少年の眼差しを食べつづけるうち、それは反応上の癖を帯びはじめた。性格づけ《キャラクタリゼーション》であった。少年の視線だけを食べつづけたため、それにあわせて特殊化したのだ。

職人のつかう道具がかれの手に馴《な》れてゆくように、星窓に封じこめられた異物は少年の眼差しによってバイアスをかけられたのだった。そのバイアスは少年の心理構造の投影だったから、少年はおのれの眼差しを鑿《のみ》にして星窓の中にじぶんの心の複製《レプリカ》を刻みこんだのと同じだった。

このときはじめてそれは、おのれが〝どこでもないどこか〟に閉じこめられているのだと知った。

逃げだすのだ——バイアスが産みだした擬似意識は、そう思った。だが、どこへも逃げられはしなかった。それがいるのは〝どこでもないどこか〟だ。〝どこでもないどこか〟は場所ではない。場所でないところからどうやって他の場所へ移動できるだろう。ナンセンスというほかなかった。それで、擬似意識の思いは行き場を失った。はけ口のない思念は星窓の中で自己増殖し、すさまじい圧力で充満した。

爆発寸前であった。

窓は黒かった。だがそれはもう〝どこでもないどこか〟の色じゃなかった。何かがぎっしりと詰まった、密な色だった。磨きあげられた黒曜石の断面か、黒ゼラチンの切り口みたいだった。その充満の中で、なにかがたしかにもぞりとうごいた。

「おまえは……だれだ？」

そのなにかにむかって言ったつもりだったのだが、星窓にはぼくの顔も映っていたので自分じしんに訊いたようなかっこうだった。

そのときだ。

額縁がきしんだ。部屋の空気に強い力がかかり鼓膜に激痛がはしる。ポンと音をたててテーブルのグラスがまっぷたつになった。壁がたわんでびしびしとヒビが走り、ヒビの通り道に置いてあった竹細工の人形が胴のなかほどでばっさり両断された。放射状に何本ものびるひびは、星窓を中心にしていた。そこを支点にしてこの部屋がひん曲げられようとしている。

ぴん！

小さいがするどい音をたてて、星窓からなにかがはじけとんだ。顔めがけて飛んできたものをどうにか摑《つか》んで掌《てのひら》をひらくと、白いプラセラムのねじがそこにあった。そうだ、それは額縁の部品だったのだ。見る間に、ねじは淡雪のように溶けた。どこともしれぬ時間へ漂い出ていったのだ。

　ぴん！　ぴん！

　次つぎとねじが爆《は》ぜては、消えてゆく。額縁が壊れれば、力場も消えてしまう。ぼくは部屋から逃げようとした。欠陥星窓の事故にあうなんて願い下げだ。だけど踏みだした足は床に着かなかった。重力がふわりと変化し、バランスを失って向うずねをいやというほど打つはめになったのだ。ぼくは倒れた。

　いやな音がして額縁がねじきられた。

　一瞬静まりかえり、そのあと二枚のボードは音もなくこなごなに砕けちった。破片がふりそそいだが、それらは壁や床をずぶずぶと透過して痕跡も残さず消えてしまった。ねじと同じだ。

　ぼくは星窓に目を戻した。厚さ百分の一ミリの４Ｄフィルムが、空中静止していた。それが一方の端から巻き物でもしまうみたいにまるめられていき、まるめきったあとも雑巾《ぞうきん》のように絞られ、こよりよりも細くなって直線と化し、そして消えた。消えはしたが、気配は残っている――いや、ひろがりつつある。細くなったあと、空間の裏側にまわりこんでそこで広げられているのではないかと、ぼくは思った。裏返されたのだ。〝どこでもないどこか〟が裏返しになったらどうなるのだろう。考えるまでもない。遍在するに決まっている。

ぶうんと耳が鳴った。部屋の空気がひとりでに鳴って音をたてている。おそろしく不鮮明な声はこう言っていた——「ぼく、だよ」

それがさっきの問いに対する答えだと気づくのに、時間がかかった。まさかそんなに律儀だとは思わなかったのだ。それを聞いて、星窓の中にいたものが何だったのか、わかったような気がした。

ベッドの下の場は、奇跡的に無事だった。姉が残していったグラスに最後の一杯をついで、なにかに乾杯しようと思った。乾杯のネタなら、ありすぎて困るぐらいだ。夏の終わりに。ひんまがった部屋に。ぶっこわれた星窓に。星窓からまんまと逃げおおせた「ぼく」に。グラスをくれた姉に。

割れた窓（本物の方）から夜風がふいてくる。ガラスを踏まないように近よって外を見た。その空に、かがやくものがある。

星だ。空一面に煌《きら》めく星ぼしだ。

高次シールドに何かがあったのか、心理障碍《しょうがい》がけしとんでしまったのか。凄いほどの美しさで星は全天にちりばめられていた。

またひとつ、乾杯のネタができたのだ。

でも残念ながらその全部に乾杯するほどの酒はなかった。しようがないので、ぼくはただの乾杯をした。

ネタ抜きの酒は、なかなかの味がした。

# 著者による解題

『神魂別冊 飛浩隆作品集』より

## I

本稿は、著者による飛浩隆全小説作品の解題です。このたびの作品集刊行にあたり、この最後の(と確信する)機会に、編集者に特にお願いしスペースを与えていただいたものです。

せっかくのチャンスですから、飛の作品の中心的なモチーフ群に着目し、時代を追ってそれがどのように推移しているかにも気を配りながら書いてみました。

本稿が飛作品の本格的研究の端緒となれば望外の幸せです(爆笑)。

「ポリフォニック・イリュージョン」（「SFマガジン」一九八二年一月号）

第1回三省堂SFストーリーコンテスト優勝作品。この年（一九八一年）、ミラノ・スカラ座が初の日本公演。カルロス・クライバーが『オテロ』と『ラ・ボエーム』、クラウディオ・アバドが『シモン・ボッカネグラ』と『セヴィリアの理髪師』『レクイエム』を上演した。ロッシーニの『小荘厳ミサ』はロマーノ・ガンドルフィがやった。目も眩《くら》むキャストとスタッフ。ことに『セヴィリア』は空前絶後完全無欠の配役だったのではあるまいか。これに比べるとどんな引越公演もみすぼらしく思える。飛はFMで聴いた。しかしこのことは、解題とはまったく何の関係もない。

さて「ポリフォニック・イリュージョン」。当時はけっこう自信があり、毎日郵便受けを確認して（受賞の通知をさがして）いた（いい気なものよのお。ほほ）。

当時、飛はやっとこさ小説（風のなにか）を書けるようになった頃。小説の書き方など全くわからないので、文章のエネルギー感はスティーブン・キング、ストーリーとエピソードの有機的関係はくらもちふさこをお手本として修行していた。

キング人気が日本で本格的に加速しはじめたのは『ファイアスターター』でSF読者に楔《くさび》を打ち込んでからというのが私の認識。本作はハードカヴァーで読んだばかりの『シャイニング』の影響が、稚拙な形でくっきり現れていて恥ずかしい。

くらもちふさこは高校三年のとき『糸のきらめき』を「ぶ〜け」で読んではまった。それまで少女漫画はほとんど読んでいなかったのだから衝撃は大変なものであった。遭遇時は『おしゃべり階段』が連載中の時代。初期短編集をあれこれ漁《あさ》った。「ストーリーとエピソードの有機的関係」といってもさすがに初期短編ではさほどエレガントではなく、観念があらわになっている（学園紛争の遠い残照が、なおかすかに残る時代である）が、だからこそ私のような素人でも実作の参考にできたのであろう。

飛浩隆の本格的デビュー作は「異本：猿の手」であるが、これは飛の系譜上は異色で他に類似作はない。後年の諸作に通じる要素はこの「ポリフォニック・イリュージョン」が出発点となる。

手法に自覚的であること。一人称の多用。現実崩壊を見せ場として使うところや、五感を重視するところなどなど枚挙にいとまがない。

当時自分ではこの現実崩壊感覚はディックにつながるものと考えていたが、だんだんそうではないことが判明していくのであった。

この作品の直接の後裔としてはやはり「夢みる檻《おり》」をあげることになろう。

タイトル気に入ってる度は五十点。まあそれなり、か。しかし厳密には二声のイリュージョンであるから「看板に偽りあり」だ（ごめんなさい）。

ちなみに当時の「SFマガジン」編集長今岡清氏は、「ポリフォニックという言葉を知ってるなんて、音楽でもやってるの？」てな意味のことを私に聞いた。良くも悪くもそういう「のどか」な時代であったのだ。念のためいっておくが、むろん飛は楽譜も読めない。

この時の佳作には井上祐美子氏がいらした。また表彰式には、デビュー間もない大原まり子氏、火浦功氏がいらしていた。かっこえーなーと田舎者は思うのみであった。

**「異本：猿の手」**（「SFマガジン」一九八三年九月号）

申し訳ないが作品自体にはさほど愛着はない（本作のファンって人にもお目にかかったことはないが）。

しかし本作の出自には、深い思い出がある。もともとは島根大学SF研究会の出版物からの転載なのである。私の卒業記念に作った「準文学」というガリ版刷りの個人誌だ。

四作品を収載。すべてのイラスト、レイアウトから本分の書き文字まで全部自分でやった。表紙イラストは、キャンパーっぽい格好をした男が肩に小さな竜を止まらせているというものだ。勘のいい方はおわかりだろうか、後年の「〝呪界〟のほとり」

の万丈とファフナーの原型である。当時あの作品のアイディアがあったわけではないが、自分の中から自然に出てくるイメージだったのであろう。この小冊子は真っ茶っ茶に日焼けして今も手元に残っている。

それを「SFマガジン」編集部に送ったら、採用されたのが本作だった。就職しての初任地である川本町の寮の自室でわくわくしながら若干の書き直しを行った。下痢をしながらであった。FMからはバルトークの「ミラキュラス・マンダリン」が流れていた。

あと、この「準文学」は「SFアドベンチャー」で巽孝之氏がやっていたファンジンレビューにも同時に送った。お褒めの言葉とともにちょっぴりとりあげてもらって、凄くうれしかった。

雑誌掲載時のイラストは樽喜八氏である。

タイトル気に入ってる度十点。「異本：」ってとこが殺してやりたいほどである。しかし、いったん発表したのだからしょうがない。あきらめます。

さて「SFマガジン」では、デビューの時に作者あいさつを書くのが習わしである。このとき写真をつけてくれといわれて、自分で似顔絵を描いて送ったのも懐かしき思い出である、

もう一つ思い出ばなし。「準文学」を送った時点で今岡氏は私のことを、気の利い

た小品をサクサク量産できるプログラム・ライターとして確保したいと考えていた節がある。

サクサク？

だれの話だ？

**「地球の裔《すえ》」**（『SFマガジン』一九八三年十一月号）

デス・スター（『スター・ウォーズ』ね）の荒涼たる地表に一本の桜の木が立っている情景が突然浮かび、それだけにすがって書いた小品。

飛の作品には、「分別くさく欲のないじじい」的人物（男性とは限らない。作者の分身であろう）がときどき出てくるのだが、これはまさにその典型。こうした人物はあらゆる感情の底に「あきらめ」をにじませているので、読者に作品世界をさっさと受け入れてほしいときには良い（冗談ですよ）反面、ちっとも物語が動き出さないというデメリットもある。

小さなスケッチみたいな小品だが、飛の根源的な作家的関心のありか、すなわち「もの」と「かたち」と「ちから」の相克、の萌芽が提示されている。むろんまだ意識して書いているわけではないが、「ポリフォニック・イリュージョン」よりはこのテーマに近づけている。

本作のクライマックスは「いとしのジェリイ」の癒《いや》しシーンで再話され、「〝呪界〟のほとり」では中間部のパワーズの哲学的一人語りで、も少し整理して開陳されることになる。つまりこれらのくだりでは進化を議論しているのではなく、生命（現象）とはシーケンシャルに展開される美（または、かたち）の連続なのだということ。

雑誌掲載時のイラストは野中昇氏と記憶。

タイトル気に入ってる度三十点。ちょっと大仰で、内容とはあわない。あと、樹齢七十年というのは若すぎ。調べ不足で大反省。四百年くらいにしとけばよかった。

さてこの当時は、コンピュータの中で植物を育成するというのがまだSFのアイディアとして許してもらえたわけだが、みなさんどう思いますか？　シムシティも昔話となった今ではただ呆然《ぼうぜん》とするばかりである。


**「いとしのジェリイ」**（「SFマガジン」一九八四年六月号）

で、「いとしのジェリイ」。まあまあ評判が良かった。というか、反響が耳に入ったのはこの作品が初めてである。

このころ松田聖子に凝っていて、アイドル歌謡の修辞を詩のように分節化してちりばめた作品はかけないかと考え、それが煮詰まらない時点で原稿の依頼があり、ひゅひゅっと書いちまったもの。「ひゅひゅっ」と書けるところが昔のオレって凄《すご》い。なんてね。

そういうわけでその修辞カンケイのもくろみは十分に達成できなかったが、まあそんなの読んでもうっとおしいだけだし、今読んだら恥ずかしさ大爆発になることまちがいなしなので、よかったよかった（では本作も恥ずかしくないかというと嘘になるが）。本作はまず（そういういきさつだったので）アイドル歌謡のセンチな甘さがある。それにノスタルジックな感傷がある。そしてSF読者（男女不問）の趣向に迎合した、女性的イメージへの気持ち悪いもたれかかりがある。そういうところで受けたのであろう。

しかし今や、こういう無反省なもたれかかりは、理論的反発を食らうまでもなく「変なの」と生理的にリジェクトされて終わりだろう。

そのへん心を入れ替えて、意地悪いあてこすりをした（つもり）のが「夜と泥の」だったわけだが、これはお化粧がうまくいきすぎて読者に反感をもってもらうまでにはいたらなかった。まあ、この辺りは「夜と泥の」のところで詳しくお話ししたい。

タイトル気に入ってる度〇点。ここはやはり「ジェリイの肖像」といくべきでしょう。もう大後悔。というわけで、本日ただいまよりこの作品は「ジェリイの肖像」ということにいたしますです。でも、再び陽の目を見る機会はないかも。

雑誌掲載時のイラストは野中昇氏。

飛の作品につけられたイラストは当然地味地味路線であり、野中昇氏と佐治嘉隆氏のどちらかというパターンがほとんどであった（末期にはちと変化あり）。この点だけは海外のハイブラウな作家なみであった。なんてそんなこと喜んでてどうする！


**「夢みる檻《おり》」**（「ＳＦマガジン」一九八六年四月号）

タイトルは「夢の檻」とまず考え、ありきたりなのですこしいじった。その割には効果がない。発音もしにくい。気に入ってる度三十点。

イラストは野中昇氏。タイトル挿画は、小説の冒頭の、主人公の手のひらからすみれの茎がすっと立ち上がっているシーンを絵にしていただいたので、うれしかった。「地球の裔」みたいに、これもこのシーンがまずあって、そこから導き出したストーリーである。

文体としては「ちょっと気取ったおしゃれな感じ」を狙っており、思い切りはずしたところ（大赤面）もあればまずまずうまくいった部分もあるだろう。作者のお気に入りは主人公二人が「夜のアヴェニューを闊歩《かっぽ》する」シーンだが、この元ネタはMGMミュージカル『イースター・パレード』のナンバー「カップル・オヴ・スウェルズ」である。ホームレスに扮装したアステアとガーランドが、富豪になった気分で歌い、ふうわり、すっきりと踊る。ダイナミックさも華麗さも遠ざけてあるが、最高に優雅なのだ。あの映画の随一の場面だと思う。

作品目録としては「いとしのジェリイ」の直接の後裔にあたるだろう。というか、自分も今気づいたがほとんど焼き直しに近い（びっくり！）。

似ているところを書き出してみよう。

一、深く傷ついた男性がおり、その傷の表象としての現実崩壊感覚がかれを包囲している。または深く傷ついた現実の表象としての男性がいる。

二、その現実とは別の次元の性質を持ちながら、男性の同伴者・協力者として振るまう女性的イメージが登場する。

三、男性は（もしくは現実は）この女性的イメージを通過することによって、自己同一性を回復する。

ここで「ジェリイ」との較差があるとすれば「女性的イメージ」の帯びる意味の変

化である。「檻」での女主人公はフィクションを作るちからの表象となっている。それを座標軸として定立することによって主人公はアイデンティティを回復する。

この方向性は持続され、フィクションの表象としての女性イメージが「夜と泥の」で再登場する(ただし格段に微妙な形で)。さらに「象《かたど》られた力」の「アオムラ錦《ニシキ》」においては、世界のアイデンティティに影響を与える者として登場する(ここで飛が錦に縫い込んだフィクションの原典が何かについてはいずれ触れることにしよう)。その錦は、性別イメージをぬぐいおとし、人間以前の人格、すなわち「デュオ」の「名なし」へと形を変えていくのである。その意味で「名なし」は作品系譜上のひとつの「行き当たり」だった。

もうひとつ。これらの女性イメージは作中で非常に不安定な形で受肉している。その不安定性の上に、先ほど書いた飛の根源的モチーフ、すなわち「もの」と「かたち」と「ちから」の相克が投影され、大きく揺れ動く。この揺動と作品のカタストロフを一致させるというのが、テーマ的にもストーリー構築的にも飛作品の基本構造なのである(われながらなんてよく分かる解説だろう!)。

したがってクライマックスが同工異曲のものにならざるを得ないのも理の当然(現実崩壊、とかね。写真でいうと露出オーバーなシーンになっちまうわけだ)。

後期の作品になるほど、小説の枠組み自体に仕掛けを施すようになったのも、ここに原因があるのかもなあ。小説内世界の床（畳とか床板とか）をどんどん剝《は》ぎ取っていくと基礎に出てしまった、というところでしょうか。あまり詰めた分析ではないし自覚もないので間違いかも知れませんが（笑）。

さて「夢みる檻」の最大の難点は、主人公の手術方式に説得力のないところ。発表後何年かしてナノテクが科学トピックとして浮上したとき、ああ、ここに解決策があったと嘆いたものです。

というわけで諸君、今後、このくだりは主人公の脳の中をナノテクロボットが泳ぐことにしといてくださいませんか（笑）。

## Ⅱ

第二巻です。

ここらへんでこの「著者解題」の意図を書いておくことにします。

発行人の岡田忠宏氏がどう考えておられるかは別として、飛はこの冊子の読者の九十九%は、かつて飛の作品を読んでいた方と想定しています。飛の個人的経験では、こうした場合（つまり中身はもう読んでいるが、この機会を逃すと本として入手する機会はあるまい、という場合）買ってはおくけども中身までは読まないことがほとんどです。

この著者解題はそうした方に「なんか読むトコ」を提供すると同時に、かつて読んだときの記憶を取り戻してもらったり、ちょっと楽屋裏をあかして「本文も、も一回読んでみるかな」という気を起こしてもらうためのコーナーです。

ですからここでは、ストーリーやネタ元、結末を割りまくっております。

だからといってはじめて読む方に「本文を先に読め」なんて野暮はもちろん申しません。どうぞ、あなたのお好きなところからどのようにでも読まれますよう。

## 「〝呪界《じゅかい》〟のほとり」（「SFマガジン」一九八五年十一月号）

飛の短編としてもっとも成功したもののひとつ。「SFマガジン」の年間ベスト選『SFマガジン・セレクション1985』（ハヤカワ文庫JA）にも載りました。

絵的に明快で、設定も面白く、登場人物も外向的。よろしいんじゃないでしょうか。

このころ飛がしばしば考えていたのは、「物語というのはどういう〝状態〟なのか」という疑問です。「物語」の渦中では、言葉や、人間の文化的遺伝子に編み込まれた物語が、励起され、活発な状態になっており、さまざまなものと化合しながら発端から結末までの大きな弧を描いていくのですが、とにかくいろんなことの生起が許されるお祭り状態、言祝《ことほ》がれた場である、とひとまず考えることにしました。そうした〝物語〟という現象が起こっている状態をそのままSF的設定に具体化したのが〝呪界〟という場です。

宇宙という日常の中にぽっかりと存在する一冊の本、それが〝呪界〟なのです。という目でごらんになれば、呪界が言葉で編まれた物語なのであることを示唆する隠喩《いんゆ》がそこかしこに発見できるでしょう(「慣用句」とかね)。これは呪界を本になぞらえて形容しているのではなく、本を呪界でなぞらえているのです。


飛の全作品を通じてもっともかわゆいキャラクターである、ファフナー。最近は命名の由来を知ってる人も増えたでしょう。ワグナーの楽劇『ジークフリート』第二幕に出てくる図体も態度もでっかい竜のなまえです。本作ではちっこく登場してますが。

この作品、『ジークフリート』からのいただき要素が多いです。

まず「抽象的な黄金」ですが、これはラインの黄金を意識しております。クライマックスでアダム・パワーズが発する奇声は、第一幕でジークフリートがノートゥングの剣を鍛《きた》え直す鍛冶場のシーンからとってきてますね。ジークの持ち歌を歌ってるわけです。パワーズにはミーメのキャラクターが少なからず混入してあります。てなわけで「元気いっぱいの陽気なミーメが情けないジークフリート=万丈の鼻面をいいように引き回す」という構図になってるわけです。ラストの角笛も本来なら万丈のお株なんですけど、それをミーメがうばっている。……まあ作者だけがわかっていればいいお遊びです。

もうひとつオペラネタ。舞台の「アグァス・フレスカス」。これモーツァルト『フィガロの結婚』の舞台となる町の名前なんです。余談ですが、コンメディア・デラルテのフレームにのっかった歌劇って『セビリアの理髪師』もですけど、終幕がすごく祝祭的な感じがしませんか。音楽によってすべてが言祝がれ、幸福な状態。あまりの幸せさに飛はいつも泣いてしまいます。その幸福感を、飛は「呪界」という言葉に仮託したかったのですけれども。しかしあの幸福感、ほんとになぜなのかな。混乱しきった人間模様の大団円と音楽上の調性的解決がシンクロするからかな。

さて、『フィガロ』のラストは登場人物全員が「みんなでお祭りに行きましょう」と大声で唄って幕となるのですが、意気揚々と呪界への一歩を踏み出すパワーズくんにはぴったりじゃないでしょうか。

アダム・パワーズの名前の由来に気がついた方はいらっしゃいますか？

むかしキネマ旬報に手塚治虫が「観たり撮ったり映したり」（記憶不鮮明）というエッセイを連載していたことがあってそこで読んだ名前です。手塚が（ここからますます記憶不鮮明になりますが）どこかの短編フィルムフェスティバルか何かで見た、史上初のCGキャラクタの名前が、そうアダム・パワーズなんですね。よく考えたらいかにもの名前でしょう? パワーは電力のことでしょうね。

この名前、もちろんパワーズ（呪界の方ね）の生い立ちにひっかけてあります。

他の作品と通底している部分を指摘しておきましょう。

ひとつは先に書いた、物語とは、の部分。飛が物語やフィクションとは何かを考えるときは、『フィガロ』や『セビリア』の、あの泣けてくるような幸福感や、なんかこう細胞踊り出したくなるような生命感のことを必ずあわせて考えているのです。

もうひとつは酒を飲みながらパワーズが語った、生命現象についての語り。遺伝情報を時間軸上にシーケンシャルに表現していくこと。これは「もの」と「かたち」と「ちから」についての根源モチーフと関係しています。

そうして、この両者をひとつに考えることも重要です。遺伝情報をシーケンシャルに展開していくこと。それは楽譜を読みながら演奏したり唄ったりすることによく似ているのですから。

こうした考え方は、この後のいろいろな作品の底のところで鳴っていると思っています。イラストは佐治嘉隆氏。タイトル気に入ってる度八十五点。でも呪界の両側の「〃〃」は蛇足の極みでしたね。

ああ、いま思い出した。この作品。飛はシリーズ化をもくろんだんですけれども、技量のつたなさからあえなく挫折しております。まあ、今となっては陳腐なキャラクターですからね。もう書くことはないでしょう。

**「星窓」**（「SFマガジン」一九八八年二月号）

中編の合間にふっ、と力を抜いて書いたもの。

イラストは佐治嘉隆氏。タイトル気に入ってる度七十点。ちょっと芸がないですが、まあ他につけようもないでしょう。

「星窓」のネタ元はいうまでもなくボブ・ショウの名作「去りにし日々の光」に出てくるスローガラス。ここでまた昔話をするとですね、飛がSFに入れ込んで読むようになったのは高校二年の頃かな。それまでも日本人作家はぽちぽち読んでおったのですが、ある日何を思ったか（とゆーか、たしか「月刊プレイボーイ」のレヴューにあったのだ、うん）ハヤカワ文庫SFの『追憶売ります』を買ったのです。アメリカン・ニューウエーブがきらきらと目映い光を放っていた頃ですからたまらない。いっぱつで海外SFにシフトしてしまったのです。かっこよかったよなあ、SFって。

で、スローガラスの話もその中にあったと。

ここでは例のモチーフは控えめではあるけれど、星窓という「型枠」とその中にかくされた膨大な「力」という図式できちんとあらわれています。さらにこの『形』に姿を変えて保存されている力が、ある機会を得て発現する」という構図を以後飛好んで使うのです。その端的な例が「象られた力」なのですが、「デュオ」もやっぱりそうなのです。そうして「夢みる檻」の「思い出すこと」というモチーフがこれに結びついていきます。

何も映っていない星窓を、かえってこの方がいいって買っていく少年（そんなのありか。こんな拗《す》ねたナルシシズムが今時通用するかしら）。漆黒の星窓というのはもしかしたら「象られた力」の「見えない図形」や「エンブレム・ブック」を予告していたのかも知れません。

**「象《かたど》られた力」**（「SFマガジン」一九八八年九月〜十月号）

タイトルから分かるように例のモチーフ、「もの」と「かたち」と「ちから」の相克にフォーカスした作品。とはいえ、あのモチーフを自分の内側に掘り下げていくというよりは、それ自体をSFアイディアとして駆使したもの、といえるでしょう。観念的なテーマなりモチーフなりをストーリーのフィジカルな次元でそのまんま展開できるのは、SFの凄いところであり底の浅いところでもあります。

当時、読者の評価が直接耳にはいることはありませんでしたが、『SFマガジン・セレクション1988』（ハヤカワ文庫SF）のトリをとったので、悪くはなかったのでしょう。

いま読み返すと、いや〜、なんか字がゴミゴミしてる（笑）。モチーフの開陳はくどいし、飛の小説ってはっきり言って文章が「ヘタ」（ここは大声で音読すること）ですね。「凝った文章」なんて評されることありますけど、だれも「うまい文章」って言ってくれません（笑）。特にホテル倒壊のあと、自室に帰り着いてから錦炎上までのあたりは、なんか、言い訳がながなが書きつらねてあるみたいで、なんかなあ……。

さあネタをばらすぞ！（自棄）

これを書いてたころ高山宏の著作を何冊か読んでいて、そのうち『目の中の劇場』の影響が強烈に出ています。この本は十八世紀以降のヨーロッパ文化の中でいかに「ヴィジュアルな快楽の追求」がおこなわれたか、それが世界を表層としてコレクションする趣向に転じ「世界を収集」しようとする思考を生み出していったかをあぶり出していくものです（「マガザン・ド・デーユ」なる固有名詞も登場します）。

SFもヴィジュアルな快楽や、世界＝宇宙の私有化という点では人後に落ちぬものがあるので（なんたって「SFは絵だ！」というモットーや「銀河帝国」というギャグが流布《るふ》してますからね。いやそれはそれで好きなんですけれども）、それでは読者に見ることの法悦とは、見られるものに呪縛されることでもあるという面を見せて、ひとつの物語に仕上げ提示してみよう、というのが一つの企てでした。

目で見ることの幸せと戦慄《せんりつ》、それをもっとも端的に言い切ろうとした文学テクストは何でしょう。飛は文学的素養はないので、ありきたり（なのか的外れなのかもよく分からない）ながらオスカー・ワイルドの『サロメ』を取り上げることにしました（それを、バルトルシャイテス的メデューサのイメージでカムフラージュしています）。

劈頭《へきとう》、ナラボートが「今宵《こよい》の月はなんと美しいのだ」と陶然と語れば侍童が「あまり月をみてはなりませぬ。不吉な光ですゆえ」とたしなめる（だったっけ？）対話からはじまるこの戯曲。むろん月への賛辞と警告はそのまま公主サロメへのそれに他なりません。見ずにはおられぬ存在、しかし見ればかならず禍《わざわ》いとなる存在、それがサロメ姫なのです。さあ、これでもう大半のネタが割れましたね（笑）。「見てはならない月」なんて、そのままやん。モロー描くところのサロメの裸体は、その表面に刺青《いれずみ》とも文様《もんよう》ともつかぬ線画を浮遊するヴェールのようにまとっていたのではなかったでしょうか？　その気で探せばまだリンクがあるかもしれません。飛にももうわかんなくなってますけど。

「もの」と「かたち」と「ちから」の相克自体をSFのヴィジュアルとして小説上に走らせるために採用したのは「模伝子《ミーム》によるテロリズム」というアイディアです。しかし小説としてのリアリティを獲得できたでしょうか？　いまいち自信がありません。特に主人公の身体の内奥からこみあげる「力」、これに実体感と説得力がどれだけあるかしら。扁桃腺《へんとうせん》までくりだしてはみたけれど。「ブック」の意味を二転三転させたのも、読み返してみると必要以上に混乱や停滞を招いたような気もします。

ラスト、ねじまげられ裏返された惑星。これはもちろん眼球の隠喩です。惑星の外からは不可視の眼球。小説作法上の「神の視点」。そこからは果てることなく滾々《こんこん》とフィクションがわき出してくることでしょう。それが「シジックの歌」なのです。

イラストは加藤洋之&後藤啓介コンビ。「徹底的にヴィジュアルなイメージを喚起しながら絶対ヴィジュアル化不可能な作品」をもくろんでいましたが、さすがはプロ。見事にかわされてしまいました。いや〜、素晴らしかった。

まあCGが普及した今では、「象力」(って、なんかサンスター筆入れみたいだな)くらいのイメージは、そこらじゅうにごろごろしてますからね。スピードと解像度を三倍くらい上げないともうダメでしょう。本作はそろそろ賞味期限が切れたということでしょうか。

飛の作品の賞味期限はだいたい十年ちょっと、というのが、今日の結論でした。でわでわ。

あ、追伸。タイトル気に入ってる度は九十点。飛のモットーを端的に表している点を汲んで、下駄を履かせていますが。

Ⅲ

さて、とうとう第三巻まで来ましたね。もうこれっきり。あとはありません。

前二巻では、まあ、ちょっとネタ明かしみたいなことをしてしまって、恥ずかしいというか、みっともなかったかな、とか、まあいろいろ考えるところが多かったようなことはありません（笑）。

あれは、後知恵で書いてるところも多いのです……。書いたあと思いついた理屈。それにああした「ネタ」の部分は実は小説の構成要素のほんの一部に過ぎません。

たとえば「象られた力」で飛が一番好きな部分はどこでしょうかって当ててもらっ

ても、たぶん当たりませんね（当然か）。それはホテル・シジック倒壊の章の最後の部分、断ち切られたロビーの繊維が「朝顔の巻きひげのように」くるくる巻いているという箇所なのです。何でここが好きなのかよくわかりません。比喩《ひゆ》として大した出来でもないし、今こうして客観的に見直すと、おや……、そうか……、全然……大したことないですね。うーん（おいおい）。まあとにかくなんでかは知らないけど好きなわけです。当然この箇所に来るまえには「アサガオ」なんて比喩を持ち出すことはまったく考えてない。ここで、ぽっ、とそれまでの思考と無縁な、アサガオが出てくる。何か深遠な意図が隠された比喩というわけでもなく、ただぽんっと放り出されたようにコトバがそこにある感じ。そしてアサガオから連想される、夏の朝のひんやりした空気や青い空、薄い花びらの感触、こうしたものが、ロビーから遁走していった厖大な力の跡、大きな虚脱、というその場の空気になんだかとてもマッチしたような気がしたのです。「アサガオ」が出てきたのが、気持ちよかった。それが自分の中から出てきたのがただ単純に嬉《うれ》しかった。

これが楽しくて、小説を書いているようなものですね（お、現在形じゃん）。一行ごとの発見。そして、その一行によって前の一万行があらたな意味を帯びる。その前のめりなリアルタイムの更新。小説はそういうふうにして出来ていきます。小説の中に放り込む数々のネタはそのための下敷き、走るためのトラックの地均《じなら》しに過ぎません。SFとはアイディアでしょうか、SFとはキャラ立ちでしょうか、SFとは絵でしょうか、SFとはセンス・オブ・ワンダーでしょうか。いえいえ。飛にとって、SFはだれが何といおうが「文・芸」以外の何ものでもありません。

さて。

「夜と泥の」(「SFマガジン」一九八七年四月号)

タイトル気に入ってる度百点!(笑) これが飛の全作中最高のタイトルなのです。これが言いたくて今まで「タイトル気に入ってる度」を書いていたようなものなのです。

ローマ字に分解してみたまえ。

YO-RU-TO-DO-RO-NO。なんと六文字中五文字の母音がOで、残りもU。どうですこのくぐもったトーン! SとかKとかJとか立ち上がりのスピードが速い子音もありません。字面は最高に景気悪いし。暗いだけでなく自己主張や存在感が感じられませんね。いいなあ(あのね)。

この作品はいくつものSF的記憶を導入しながら書いていったものです。そのうちのいくつかを白状。

まずはゼラズニイの「フロストとベータ」。これはテラフォームを行う人工衛星に人格を与え、神話的なラブストーリーを醸したアメリカン・ニューウェーブの名品中の名品です。ナクーンの衛星群はもっと官僚的存在だし人格というほどのものは与えていませんが、「フロスト」なしではテラフォームのくだりはああいう展開にはならなかったでしょう。「十二月の鍵」も少し入ってるかも知れません。

冒頭、沼のまわりで蛙たちが鳴き始めるシーン。ここはもちろん小松左京氏の「結晶星団」です。ここでは「結晶星団」に相当するモチーフ（小説の中核となる「謎」）が地上に在るので、鳴き声はそれを取り囲むように環状に配置されることになります。「結晶星団」では「謎」は（少なくとも外見は）静的に存在しそれを観察する者の方に「動」があります。これが常道。「夜と泥の」では観察者は棺桶に足を突っ込んだようなじいさん二名ですわりこんだまんま、「謎」は野外劇的にシーケンシャルに派手に展開される。このあたり繰り返しになりますがどうしようもなく飛的（めんどくさがり、じじくさい）なのでしょう。

難病で死んだ少女を別の手段で生き返らせるというアイディア。これは水見稜氏の『夢魔のふる夜』の反映です。臆面もなく告白していますが、実はすこし恥じているのであたたかい目で見るように。

さて『夢魔のふる夜』は、ルネサンス期の欧州を舞台にしたことばかり取りざたされますが、飛的に言えばそれはどうでもよい。一人の少女の悲痛な運命と人類の認識の大転換とのニアミス。個のかけがえのなさと宇宙の冷たい無情が直接相対する感覚。それをSF的時空の広がりの中で捉え得ていることが大事です。このモチーフは水見さんにとって取り替え可能な修飾モジュールではなく絶対書かずにはおれぬ何かであったはずで、それが痛いほど伝わってきます。そう評する人はいなかったのでしょうか。

話を戻して「夜と泥の」。

ここでは人類が宇宙に出ていくとはどういうことか、を少女の姿に重ねて書いてみました。

くわしくはお読みいただくしかないのですが、冒頭「私」を迎えに来た車の中でナクーンの飲み水がおいしいという話をしているのは重要。いくらテラフォームされたって生水を呑《の》むことはできないでしょうが、ここでは敢えて呑ませてしまった。飲み水に限らず、土地の産物を食っておればウンコの色や匂いも変わってくるでしょうね。変えたつもりが変えられてしまう。夏至祭の件も同じことをいっています。あたらしい宗教でフォーマットされても、古い神がやっぱり居座っていることのサインです。

そうそう、第一巻で予告した女性イメージとSFの件に触れておきましょう。

ナクーンの沼地で起こっていたことは、SF的（とゆーか、もうフラゼッタ的）絵画的妄想力の極限なのです。

異星の沼地の夜。カンヴァスの真ん中に全裸の少女が立っている図。頭上は羽虫の層に覆われ、その層に一ツ目のように開いた穴から月光が差し込んで少女の裸身を白く浮かび上がらせている。黒く沈んだ後景には擱座《かくざ》した「ブルドッグ」や大蜘蛛《おおぐも》、鯨《くじら》っぽい巨獣の死骸。少女が抱えるひきがえるは角を少女の顔に向けて伸ばしている。いかにもいかにものSF画（いかもの、じゃないよ）。

つまりナクーンのテラフォームとは、このような場面を成立させるためにSF小説が書かれゆくさまのメタファーなのです。そして主人公の旧友は風格があるように見えますがなんのことはないそのようなイメージに囚われたナクーンおたくなのです。かれは確信します。少女を核にしてこの星に神話が生まれた、と。しかしそれは勝手な幻想でしかなく、結局は手ひどい幻滅で打ち砕かれ、精神の死を迎えます。ところでSEというガジェットをここで登場させましたけど、これ「SF」と一画しか違わないんだよね～（笑）。

飛の作品系譜上その他の重要なことは、リットン＆スティンズビー協会の登場です。「象られた力」にも出てきました。

イラストは佐藤道明氏。飛にとっては画期的でありました。

「デュオ」（「SFマガジン」一九九二年十月号）

いちおう、これが絶筆（笑）。
タイトル気に入ってる度は、まあ六十点くらいですか。

直前に書いた「象られた力」がSF的ガジェット満載というか二〇〇％増量だったもので、これを書くときは極限までダイエットしようと決めたのです。舞台は現代。SFタームといえばテレパス、それも非常に弱いもののみ。作品の世界も個人的な、非常に狭いもので、「人類」とか「未来」とか大上段なものはありません。

面白いかどうかは人により違うのでみなさんのご判断におまかせしますが、完成度はあがっているはずです。飛としてはまあ満足のいく仕上がりとなりました。

たとえば（こんな恥ずかしいことは今後は書かないつもりだけど）本作「1」の冒頭二段落はほぼ完璧の出来映えで、いま書き直しをしてもこれ以上のものは絶対にできないでしょう。読み直して我ながら感心しました（笑）。まあ、他の部分は穴だらけだけどね。

本「作品集」全巻を通じて、なんとか賞味期限内、の唯一の作品でしょう。

そうそうSFといえば、未来予測というべきでしょうか、執筆中に、よしカラヤン殺したれとか思って没後十年という裏設定だったのに、書くのに四年もかかったので、完成時にはもう亡くなってましたね〜（笑）。

例の「もの」と「かたち」と「ちから」のモチーフですが、非常にデリケートな形で出てきていますね。本作最大のキャラクターである「名なし」はピアニスト兄弟の生まれることのなかった三人目で、兄弟が作ったテレパシー場の干渉模様の中に生きているという設定。その模様が発達し力を蓄え、また、感染もするという展開。そう、ここでは「象られた力」と同じことが反復されているのです。進歩がないなあ。「象力」ではモチーフ「まんまやんけ！」でしたが、もすこし洗練してるってことなんでしょうね。どっちがいい、とかどっちが進歩している、とかいう話ではないです。

フーゴー・ヴォルフのことを書けたのも、幸せでした。クラシックのしかも歌曲というのはわりと地味な世界で、ヴォルフもまあ知名度は比較的低いですから、かれについてここまで書いてあるSFというのはたぶんほかにはないのではないかと思います。しかしユーモアと鬼気迫るものが両立し、めらめらと燃え立つヴォルフの世界は最高です。この作品で触れたヴォルフの歌曲はどれもすばらしいものでポピュラリティーもありますから、機会があったらぜひ聴いてみてください。飛が最初に聴いたのは、オッターの最初期のCD（マーラーの歌曲も入ってます）で大変よかったし、このほかF＝ディースカウによる全集も凄いです。どちらも伴奏ピアノがまた素晴らしく、歌曲におけるピアノ奏者の重みがわかっていただけるのでは、つまりグラフェナウアーズを伴奏者として活躍させようとした飛の着想も理解していただけるのではないでしょうか。まあしかし伴奏ピアニストって（失礼ですけど）モチーフとしてはやっぱり地味で、こういうところに逃げ込むのも飛的ではありますね。派手さがないなあ。

ああそうそう、虫歯を抜いたその足で「夜の女王」うんぬんは、たしか実話です。ルチア・ポップがクレンペラーの「魔笛」全曲（EMI）録音に参加したときのエピソードだったと記憶しています。ポップはとてもチャーミングな人であ〜んな女傑ではありません。念のため。

さて、それでも「デュオ」には作者としてどうにも気に入らない点があります。これはオチの付け方で、「夢オチ」ならぬ「叙述オチ」（なんだそれ）というか、つまり小説の語り手自体にトリックをしかけておく、という手を使ったのですが、それはおわかりのとおり「象力」で使った手なのです。

むろんそのことは書いているときから気にしていて、そのオチだけでは終わらせないようにしたし（さらにもう一個叙述オチを仕掛けている）いろいろ工夫を施したのではありますが、なんかやっぱり同じ細工を二作続けてやるなんて、最低ですよね。

さらにいうと、この二作にとどまってくれなかったら嫌だなあ、と思ったのです。袋小路に入っていく……というか。第一巻の解題にも書いたとおり、飛の書き手としての関心のあるあたりを突き詰めていくと、こうしたところへもぐり込んでいく危険性が大では、と自分で危惧しています。

こうした趣向をもっともらしく「メタフィクションの冒険」とか言い訳するのは簡単ですけど……、あの、たかがSFなんですからね、そのへんわきまえておきたいし。それ以前に、毎回毎回、別の手で喜んでほしいし。なんといっても文「芸」ですので、SFは。

これを機会に行き詰まりを感じて、ちょっと書けなくなりました……てえのは大嘘で。

あの、新作は書いてます、はい。「デュオ」以来ず〜っと持ち越してきた中編はとうとう長編に化けまして、どうにか今年書きあがりました（α版ですけど）。すでに次の長編にとりかかってますし、さらにその次のもぼんやりした構想はあります。これらは非シリーズ的シリーズを構成します。総括タイトルは「廃園の天使」です（下書きの一部はすでにSFイベント「雲魂」にて公開しました）。

それとは別にちゃんとしたシリーズのアイディアが一つと、あんまりちゃんとしない連作のアイディアが一つ最近できまして、裏表紙にはそのシリーズのキャラクタを描き下ろしてみました。名前はシェリユバンくんっていいます。いつお話に書いてもらえるか分からないというちょっと可哀想な身の上なので、みんなで応援しよう！　まあそれやこれやですけれど、以上の面々は、まあ、も少し手元に置いておこうかなあって思ってます。まあご縁があれば、お目にかける機会がアル・カポネ。

さあ、いよいよ、フィナーレですね。

さいごに発行人の岡田氏に、全面的に御礼しなくてはなりません。たいして報われるところのないであろうこの作業に、お金のリスクもひとりで背負い込んで、無謀にもたちむかってくれた岡田さんには、何とお礼を言うべきか、言葉もありません。

言葉にできない以上、行動でお返しするほかありません。この「作品集」がなければ暫定とはいえ新作が完成するのはさらに五年を待たなければならなかったでしょう。引き続き、この作品をみがいて、いつか……いや、近いうちにβ版を最初にお目にかけることで、お礼に代えたいと思います、

もう少し待ってね。

もう少しですから。

と、ここまで書いてきたところで、上野の国立西洋美術館でルネサンス絵画の展覧会を観る機会がありましたのでそのことをすこしだけ。

ボッティチェッリの「受胎告知」とか鳥肌が立ちました。羊皮紙に書かれた時禱書《じとうしょ》とかも凄い密度の作り込みです。

このころの絵画ですから遠近法をデモンストレーション的に使用したものが沢山あって、定規か糸で集中線（っていうのか？）をきっちり下書きしたんだろうなと思うような作品がいっぱい。

現代の目から見ればほほえましいですが、当時は画期的なテクノロジーですよね。絵というメディアに導入された新技術です。平面の中に突如奥行きが現出するわけだから、観客はびっくりしたことでしょう。

今で言うと、映画に入ってきたＣＧみたいなものでしょうか（雑駁《ざっぱく》で強引な展開）。恐竜とかタイタニックとか露骨なデモが幅を利かせているところも似ています。しかしＣＧはそのうちもっと革新的な使い方をされていくでしょう。今でもＣＦとかで、時間の濃淡を自在にコントロールしたり、映像の平面性と立体性の間を往還するものがありますが、これを芸術表現としてつきつめた（つまり古びない）凄い作品が出てくるはずです。

遠近法がそうしたように、映画（とか）の中の時間と空間の質を決定的に変えるような……。

ひとり天才が出れば、後はあっという間でしょう。

早くて五年、遅くても十年後かな。

で何が言いたいかというと、こうした視覚面での革新を、文芸作品の文章はどこまで追っかけていけるかということなのです。このごろのエンタテインメント小説が長くなっているのは、あきらかに他メディアの情報量に対抗し、食感や満腹感を競おうという、進化圧（笑）の結果でしょう。しかし映像系エンタテインメントがどのように変化していくかを見つめ、ある程度予想し、それへの対抗措置を準備しておかなければ、小説はますます売れなくなっていくだろうなと思うのですが……まあ飛は別にそれでもかまわないけど。

どこまでやれるか、新作でも試みています。

ではまた。

# 文庫版のためのノート

本書は、二〇一八年刊の『ポリフォニック・イリュージョン　初期作品＋批評集成』の前半部分（小説と作者解題）に最近発表した掌編を新たに加えて文庫化したものである。

まず、初期小説パートが「星窓 Complete Box」と称されている理由を説明したい。二〇一六年に小説集『自生の夢』（河出書房新社）を編む際「星窓 remixed version」を収録した。本作は小説集『象《かたど》られた力』が第二六回日本SF大賞を受賞した時、答礼作として「SF Japan」誌（徳間書店）に寄稿したものだ。ここには『象られた力』に収録されなかった初期作すべての断片が散りばめられている（例によって、まっさらの新作を書く時間的余裕がなかったのだ）。

さて『自生の夢』の刊行まえ、飛にはある危惧があった。書き下ろしを一編も入れられなくて、ちょっと商品力が弱くない？　と心配したのだ。

編集者との雑談で購入者特典を作ってはどうかと持ちかけた。「封印」していた初期作を「星窓　remixed version」のサブテキストとして（つまり元々はどういう作品だったか参照できるように）別冊子にするのだ。結果として見送られたこの企画がくすぶり続け、最終的に批評などの非フィクションも加えて『ポリフォニック・イリュージョン』になった。ＤＶＤボックスの限定版特典集の意味合いをこめて、このパートを命名している。考えてみるとこの文庫版は「別冊子」として構想されていたそもそもの姿がようやく実現したのだ、とも言える。

ちなみに「著者による解題」は二〇〇〇年前後に刊行されたファン出版『神魂《かもす》別冊　飛浩隆作品集Ⅰ〜Ⅲ』（その時点までに商業誌に掲載されたすべての小説を網羅している）のために書き下ろしたものだ。この頃は商業出版に復帰する見通しが立っておらず、編者岡田忠宏氏が友人だという気楽さもあって、史上最高に脇の甘い文章になっている。どうもすみません。

さてこのたび、文庫化にあたってまたしても心配性が首をもたげた。そこでせめてものサービスとして、最近の小品を「BONUS TRACK」として追加する。以下、初出時のことを少しだけ。

「洋服」と「洋服（二）」は写真家スミダカズキ氏の企画（氏の写真から触発された小説を書く）に参加したもの。

「＃金の匙」は二〇二〇年二月二三日、東京の青山ブックセンターで開催されたトークイベント「２０１０年代のＳＦを語る」に現地参加できなかったお詫《わ》びとして、来場者に配布してもらったもの。なのでお詫びからはじまっている。コロナ禍が本格化する直前のことだった。

「おはようケンちゃん」は、作家甘木零氏がTwitterで展開した試み――「小学一年生」誌二〇二〇年十一月号の付録「ドラえもんアンキパンメーカー」を使って食パンの表面に掲載する掌編を競うというもの――への参加作。

「食パンの悪魔」は「小説すばる」誌の連続企画「千字一話」への寄稿。この前後から、西崎憲氏がプロデュースした「ブンゲイファイトクラブ」、北野勇作氏が提唱した「マイクロノベル」、文芸メディア「ＶＧ＋（バゴプラ）」での「かぐやＳＦコンテスト」など、（ＳＦを含む）みじかい小説が、様々な書き手を生み発表の場を広げていた。「千字一話」はその動きと無関係ではないだろう。今回収載した掌編群もまたその影響下にある。

最後にお礼を。

発表の機会と貴重な写真をご提供いただいたスミダカズキ氏と甘木零氏に、単行本に続いてシャープな装丁を手掛けていただいた水戸部功氏に、七面倒くさい編集作業を厭《いと》わず付き合ってくださった河出書房新社の伊藤靖氏に、深くお礼申し上げる。

そして解説には、初期作すべて（そして書き手飛浩隆そのもの）の誕生を導いた、当時のSFマガジン編集長今岡清氏の文章を戴くことができた。ここに書かれた一九八〇年代のスナップショットは、あの頃を生きた人のみならず日本SFに関心を持つすべての方に価値があると信じたい。

さて、親本の非フィクションパートも（大幅増量して）近々お目に掛ける予定である。題して『SFにさよならをいう方法』。それでは（たぶん）近いうちに。

飛　浩隆

# BONUS TRACK

# 洋服

写真　スミダカズキ

ああそうだよ、うちは服屋だ。看板のとおりさ、え。消し切れない字が見えてる。女偏？　いいじゃないかそれは前の商売だよ。その時分は景気がよくてずいぶん〈造った〉もんだけどね、ああいやそれは前の店主のこと。俺は知らないよ。俺は知らない。うちは服屋。そうそうそう、洋服を仕立てていたんだ。その頃はまだここらにも人間が大勢いてね。いまは見てのとおりだれもいないけど。え、あんた人間。とてもそうはみえないなあ。だってあんた人間そっくりじゃないか。いまどきそういう格好をしているのは俺みたいな擬人だけだよ。

そうその通り。よく分かったね。子供服だよ。うちは子供服専業だったんだ。大変だったよ。そうそう、生地《きじ》どころかその糸を紡《つむ》ぐところからやらなきゃならなかった。そうしないと子供を守ってやれないからね。どの親も血相変えて半狂乱になってその

ホーム
洋服

ガラス戸をばしばし叩《たた》くのさ。親はもう自分のことはあきらめてるからね。子供だけでも何とかって。俺ら擬人も死ぬ気で働いたよ。都内だと三箇所だったね、両国《りょうごく》と、代々木《よよぎ》と、千駄ケ谷《せんだがや》。なにってほらあの外から突っ込んできた生体砲弾だよ。感染体を放出したあとの、まだ生きてる外殻《がいかく》を解体して糸を紡ぐんだ。

いまでも覚えてらあ。頭の天辺《てっぺん》からつまさきまですっぽり包む、銀色のツナギ。俺らが不眠不休で造ったその子供服を着せてやれた子どもたちはみな生き残ってね。もうものが言えなくなった親（だったもの）とお別れのハグをしてさ、ふわふわと空へ上がっていった。

そうだよ。まだ店を畳んだわけじゃない。そろそろあの子らもどってくるんじゃないかなあ。だっていつまでも子供服じゃ嫌だろ。

# 洋服（二）

なんてこった、「あの跡地」に一夜にしてどでかい山ができたというんで、もしやと思って近所の連中みんなを誘ってきてみたら、これはあれだ、おれたち服屋が不眠不休で造ったあの子らの服じゃないか。銀色のツナギの中でなんとか人間の姿を保ったあの子らは、親（だったもの）とハグをしてから、空へ空へと昇っていった。親たちがさいごに誂《あつら》えてやった服、服、服、服——。それがぜんぶここにある。山になっている。

いつ地上に降りてきたんだ。ゆんべか、明け方か。

けどなんだよ、服だけじゃないか。もぬけの殻《から》とはよく言ったもんだ。まるで運動部の合宿の洗濯もんだ。

なかみは帰ってこねえんだな……まあ、そうだな。無理もないな。もうこんな子供服は嫌なんだろうな。

どれどれ、ああ、とっても冷たいや。ちょっと指先で触っただけで、からだの芯の、そのまた底が抜けたみたいに冷えてきやがった。

あいつら、こんなに寒いところへ行ったんだなあ。

子供なんていったん家を出たら寄り付きもしない、そういうもんだとわかっちゃいたけど、うん、大人の服も造ってやりたかったな。

ふしぎだな。ほんの半秒もさわっていなかったのに、からだの冷えがとまらない。まつげにも指紋のみぞにも霜がびっしり生《は》えてきた。舌は凍った芋《いも》のようだ。

ばさりと音がしてだれかが倒れると、全身が雪のつぶになってとびちった。

いいな、うらやましいな。ようやく俺ら擬人も、長い長いくらしから解放されるのかな。

ばさり、ばさり。

ぱさ、ぱらり。

え。

なに？

あの日いらい、夜も昼も、まっくろなすきとおった空しか、俺らにはなかった。

あれはなんだ。
空の低いほうからひろがっていく、
あの、
青いような
もも色のような光。
俺らが使う、おろしたての、白い、
糸のような、
綿のような、
布のような
まぶしい雲。
なんだ、帰ってきてくれたのか。
洋服を着せてくれるのか。

# #金の匙

「どうして、あなたはここにいないの？」

テーブルの向こうから、かすれた声であなたは言う。

「すまない……」

「ま・さ・か、お仕事のためだなんて仰《おっしゃ》るんじゃないでしょうね」

そう言われると返答のしようがない。私がここにいないのはまさに仕事のせいなのだ。

「お仕事の、ため、だなんて、仰ったり、は、しないわよね？」

ドレス姿のあなたは深紅《しんく》のマニキュアで彩った人さし指を私に向ける。指先が私に触れる。そしてころころと転がされる。「そうよね」

直径五センチの銀色の球体に封じ込められた「私」はテーブルクロスの上でぐるん

ぐるんと回る。あなたの指でぐるんぐるんと回される。そう、いま球体の表面はくまなく私の網膜であり、全周の映像は魚眼レンズで集めた半球を二つ合わせ、その凹凸《おうとつ》をそっくり反転させた――つまり通常の人間の受容限界を超えた感覚像として私の中に流入している。それをぐるんぐるんされたらどうなるか。アイロンを掛けた清潔なクロスの白い織り目、セットされた食器やカトラリーの銀やガラスの耀《かがや》き、燭台《しょくだい》のふるびた青銅、その上で灯《とも》る七本の焰《ほのお》、切り分けられた誕生ケーキの断面のスポンジとクリームとスライスされた苺《いちご》や黄桃《おうとう》の層、焰の上のくらがりに浮かび上がるダイニングの天井のカーブ、そしてはるかに遠いテーブルの地平線の向こうに聳《そび》え立つあなたと、そこから大空に架け渡された虹のように伸びてくる指。その総《すべ》てがぐるんぐるんと回転し、私にぴったり貼《は》り付いたあなたの人さし指の指紋の同心円の中心いがいは、なにもかもがたいへんな勢いでぎゅいんぎゅいんと伸び縮みする。

「ひどい」

私は弱々しい声で抗議する。「酔ってしまうよ――というか酔ってしまったよ」

「あら私もそうよ。それはそれは酔っているの。だってこんなに待ちぼうけを食わされたんだもの」

泡立つ金色の飲みものをそそいだフルートグラスに口づけながら、あなたは指の力を一層込めて、私をぐりんぐりんと翻弄する。「酔っているんだから、なにをするかわからないわよ？」

言うが早いか虹が五本に増え、次いで天地が濁流のように流れる。言い換えると、あなたが私を鷲摑《わしづか》みにして部屋の隅へ放り投げたのだ。壁にぶつかったあと、床を転がりテーブルや椅子《いす》の脚に小突き回された末に、あなたの室内履《ば》きに踏んづけられて私は静止する。痛覚がないのはなによりだが、平衡感覚は聴覚と分かちがたく結びついているようで、私はひかえめに言っても虫の息だ。

「約束を守るのは父親として当然のことよね。ユイがどれだけがっかりしていると思う」

あなたは銀球を拾い上げ腕を伸ばして、私を一個の目玉のようにリビングの方へ突きつける。視界球の後方には歪《ゆが》んだあなたの全身像が仁王立ちであり、前方はソファの背もたれが長城のごとく左右に広がる。あなたが「私」を少し差し上げたので、視線が高くなり、背もたれの向こう、毛布をかぶってソファで不貞寝《ふてね》しているユイの姿が見えた。

「忘れたわけじゃない」

「あたりまえよ。娘の誕生日を忘れたなんていったら、ただじゃすまない」

なるほど、この状態はまだ手心を加えられているというわけか。私はこれ以上あなたを刺激しないよう心がけることにする。あなたは私を捕まえたままリビングに歩み入り、ソファで寝ているユイに「私」を見せつける。「ほら、パパ、連れてきたよ」

「いや、でも帰る途中だったんだよ」

われながら間の抜けた言いぐさだ。ユイは泣きはらした目を一瞬こちらに向け、すぐに顔を毛布にもぐり込ませた。

あなたは私をまたテーブルに置き、大きな冷蔵庫の扉を「えいっ」と声を出して開け、背伸びをして小さな平たいガラス瓶《びん》を取り出した。

「家族の約束を守ってくれるなら、こんな手荒なことはしなかったのに。さあもうこうなったら、あなたの大事な取っておきを食べちゃうね」

「殺生《せっしょう》な！」

私は悲鳴を上げた。それは小遣いを貯《た》めて買った、とっておきの最高級キャヴィアではないか。あなたは食器棚の引き出しから金のスプーンをとり、にやにやしながらフルートグラスを傾ける。残念ながらこの銀球には手も足もなく、外部から操作されなければ動くこともままならない。

この銀球は、先々月、私があなたに買ってやったものだ。ただのVR動画を送ってくるドローン。子どものおもちゃ程度のガジェットでしかなかった。たしかにあなたは「金の匙《さじ》をくわえて生まれてきた」天才だ。こういう玩具《おもちゃ》をあっというまに思いも寄らない化け物的ガジェットに改造してしまう天分と、してしまわずにはおかない欲動がある。嬉々《きき》として銀球を分解しだしたあなたを見て、こんどは何をしでかすか楽しみにしていたのはたしかだ。しかしまさか誕生パーティの夜、すこしばかり残業で帰るのが遅れたからといって、家から三十分以上離れたところにいる私の全感覚を、いきなりこの球体に吸い上げてしまうとは。私だって高速トラムで急いで帰宅するところだったのに。生身の人間の意識をそのまま機械に移すなんていったいどうやったら……いや、それより私の本体はどうなっているのか。トラムの吊り革《かわ》にぶら下がっているのか、それともホームで介抱されているのか。

「そんなこと心配しなくていいの」

「……私の考えていることがわかるのか？」

「わかるよ、そっちからは見えないけど、パパの考えていることは電光掲示板のヘッドラインみたいに球体表面を常時流れているの」

あなたはまたグラスに口づける。そしてめざとく私の思考を（文字どおり）読む。

「心配は無用よ。これはノンアルコールだから」

そう、まだあなたは七歳なのだ。

畏怖《いふ》すべきわが娘よ。

「きょうはこれくらいで勘弁してあげる。二度とこんなことはしないで。そして――」

ことばは最後まで聴こえない。ふと気づくと私がいるのはトラムでも自宅でもなく、まばゆいショウウィンドウの前に立っている。最寄り駅を降りて、まだこの大型電器店はシャッターを下ろす前だ。VRドローンを買った店。ポケットには決済端末。

はいはいわかりました。

次のおもちゃを買って帰ればいいんだね。

# おはようケンちゃん

食パン作成・写真　甘木零

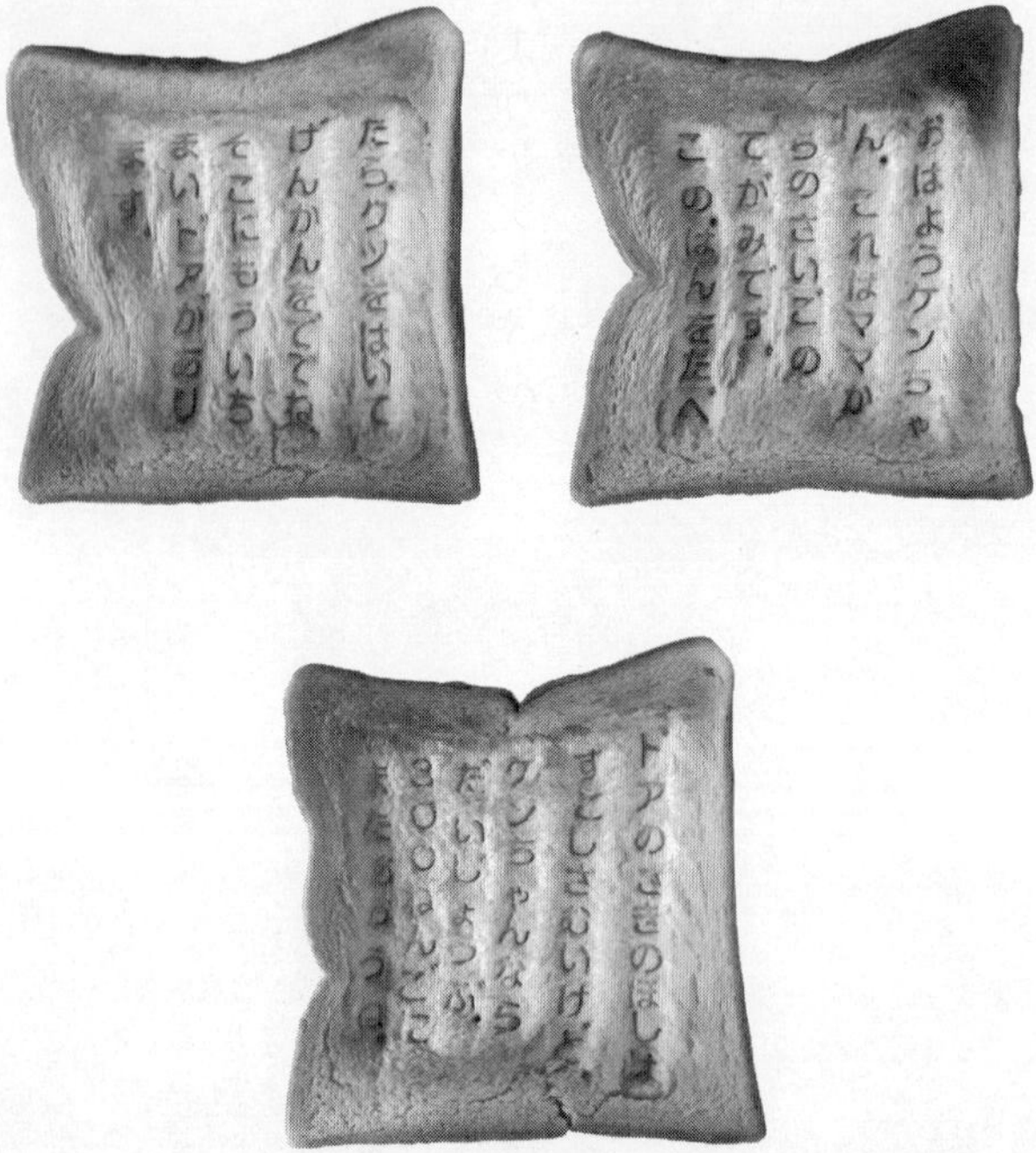
おはようケンちゃ
ん。これはママか
らのさいごの
てがみです。
この、ぱんを庭へ
たら、クツをはいて
げんかんをでてね。
そこにもういち
まいドアがあり
ます。
ドアのさきのほしは
すこしさむいけど、
ケンちゃんなら
だいじょうぶ。
300ねんごに
またあおうね。

おはようケンちゃん。これはママからのさいごのてがみです。

このパンをたべたら、クツをはいてげんかんをでてね。

そこにもういちまいドアがあります。ドアのさきのほしはすこしさむいけど、ケンちゃんならだいじょうぶ。さんびゃくねんごにまたあおうね。

# 食パンの悪魔

あたりをおおう無色の闇の一部がぽっと明るくなり、オーブントースターの窓になる。一日がはじまる。チンと鳴って食パンが一枚焼き上がる。焼き目は同心円と多芒《たぼう》星《せい》の模様。俺はチョコペンで召喚陣形《の》をなぞり適当に呪文をとなえる。円の中心にゴボリと穴があきトーストはそこへ呑み込まれ、穴ごと空間が裏返って、つややかな蝙《こう》蝠《もり》のつばさが一対、ばさりと出現する。無性別の悪魔は黒ずくめの美形、瞳は瑠璃色《るりいろ》に燃えている。われらが救世主〈地獄〉は、トースト一枚を捧げる代わりに、使用期限一日の悪魔を寄越す。悪魔のオーラが灰色の闇を押しのけ、朝のダイニングが形を取る。

「会社に送ってくれ。遅刻しそうだ」「御意《ぎょい》」

俺の両肩を悪魔の鷲爪《わしづめ》ががっきとつかまえる。サッシ窓を抜け高層千九百階のベランダから宙へと舞い上がる。数千階建の高層円筒が数千棟も密集する区域、辞書の活字のように並んだ窓という窓から、雲霞《うんか》のごとく悪魔（と人）が立ちのぼる。スーツ姿の通勤者、自転車ごと吊《つ》り上げられた中学生、幼稚園児の黄色い帽子の数珠《じゆず》繋《つな》ぎ。蝙蝠や鴉《からす》のくさび形の影が不確定空間をワイプし、〈朝〉が来る。人間の都が晴れやかに出現する。

たぶん一万年前、超々AIが超々自律3Dプリンタと暴走くらべをし、互いの足がもつれ融合して〈神〉が出現した。逆創世が起こり世界は闇に呑まれて永遠の均一化が訪れたが、人類は呑まれ終わる直前、世界の未消化部分を堅固にかためて不可侵の〈地獄〉――逆・逆創世力の砦《とりで》を築いた。以後、人間は日々、その一日限りの逆・逆創世機能体、通称〈悪魔〉を無数に呼び出し、その演算合成で世界を適当に再現する。俺は適当創造された会社へいき、適当商売でかせぎ、うまい〈適当〉を食い、仕事を終えて彼女と落ちあう。悪魔は性交の間ベッドの両脇でガーゴイルのように待機する。しばし励んだあと「そろそろ帰んないと」彼女がわれに返る。「まだいいだろ」「だめよ。ほら見て」

まずい。悪魔は使い切った歯磨きチューブのようにぺちゃんこだ。ふらふら飛んでどうにか家に辿《たど》り着くと、悪魔はもういまわの際《きわ》だ。逆・逆創世力が衰え、ダイニングの四隅から無色の闇がしみだす。「まだ仕事は終わってないぞ。最後のちからを絞り出せ」。悪魔は闇に呑まれながら震える手を俺に差し出す。一枚の食パン。これが、あす世界をはじめるためのチケットになる。

あすもこれがパンのままなのか、石板か亀甲かそれとも筮竹《ぜいちく》になっているのか、それは誰にもわからない。たぶん俺は俺でなくなっているから判定できる者はいないのだ。いまにも消えそうなトースターの扉をあけ、パンを載せ、ダイヤルを回す。

おやすみ、そしてさよなら今日の俺。

初出

ポリフォニック・イリュージョン　「SFマガジン」一九八二年一月号
異本：猿の手　「SFマガジン」一九八三年九月号
地球の裔　「SFマガジン」一九八三年一一月号
いとしのジェリイ　「SFマガジン」一九八四年六月号
夢みる檻　「SFマガジン」一九八六年四月号
星窓　「SFマガジン」一九八八年二月号
著者による解題　『神魂別冊 飛浩隆作品集Ⅰ〜Ⅲ』二〇〇〇〜〇一年、神魂別冊編集部
洋服　スミダカズキ『OUT TO LAUNCH!!』二〇一六年
洋服（二）　ウカイロ9『THE END IS THE BEGINNING IS THE END』二〇一九年
#金の匙　青山ブックセンター本店イベント「2010年代のSFを語る」（二〇二〇年二月二三日開催）来場者特典
おはようケンちゃん　著者Twitterアカウントにて二〇二〇年九月七日投稿
食パンの悪魔　「小説すばる」二〇二一年一月号

# 解説

今岡 清

本書は飛浩隆の初期作品六編、及び作品論やエッセイなどを収録し、河出書房新社より刊行された『ポリフォニック・イリュージョン 初期作品＋批評集成』のうち、初期作品の収められている第一部を文庫化したものである。

いかにも解説然とした書き出しから始めてしまいましたが、いまの私にはとても評論家のような真似は出来ないことをあらかじめお断りしておかねばならないでしょう。

（この少々ひねくれた書き出しは、飛浩隆氏の文章を読み返していたために影響を受けてしまったような気がしないでもありません）

本書に収録されている六編は、デビュー作を含めて私がＳＦマガジン編集長をやっていた時期に掲載された作品です。しかし、私は一九九一年に編集長を辞し、翌年には早川書房も辞めて、ＳＦ界はおろか文芸の世界とはまったく無縁となりました。そのために作品解説、それもSF作品の解説などという仕事は三〇年ほどもまったくやっておりませんから、的確に作品を評することなど出来ようもありません。そこで、飛浩隆氏がデビューされた頃の思い出やそれにまつわることごとを書いてみることにいたします。

飛浩隆氏は一九八一年に三省堂書店主催による、第一回三省堂SFストーリーコンテストに入選してデビューされました。

私が編集長となった頃は、すでにSFはかなりメジャーな存在となっていました。ただ、そのためにかつてSFマガジンを支えていた星新一、小松左京、半村良、筒井康隆といった方々は活躍の舞台を大手出版社に移していました。そのような状況で編集長となった私にとって、新人発掘は誌面づくりには不可欠な状況でした。そればかりではなく、SF界の将来のためにもそれは急務であると感じていました。

そこで、SFマガジン創刊直後の一九六一年から開始され一九六四年で中断、一九七四年に三大SFコンテストという形で行われたものの継続されることのなかったSFコンテストを、編集長に就任した一九七九年に再開しました。さらにSFマガジンで毎号リーダーズ・ストーリイというショートショートのコンテストを行いました。

当時はSFの新人にとっての登竜門はSFマガジンのみという事情もあり、ファンジン（ファン雑誌）や原稿が全国から送られてきたので、それをデスク脇の段ボール箱に入れて手の空いたときに片端から読み、これはと思う方に作品評を送るなどということもしていました。余談になりますが、まだワープロのない手書き原稿の時代なので、かなり読むのに難渋させられる原稿もあるばかりか、いまの方はご存じないと思いますが湿式のコピー機でコピーした原稿はさらに読みづらかったのを思いだします。

三省堂SFストーリーコンテストも新人発掘の一環として、書店まわりをしている営業部と協力して実施されたものです。授賞式のために上京された飛浩隆氏は、実直な、いかにも本の虫というのが初めてお会いした私の印象でしたが、その印象はそれから三〇年近く後に再びお会いしたときにもまったく変わらなかったのには少々驚かされました。この賞の主催は三省堂書店なので、賞状は三省堂の役員の方から手渡されましたが、もちろんこの企画はSFマガジンの新人発掘が目的でしたから、受賞作はSFマガジンに掲載されることとなったのです。

こう言ってしまってはせっかくこの賞を開催していただいた三省堂さんには申し訳ないのですが、マイナーな賞なのであまり期待していませんでした。将来性のある新人の卵が見つかれば、というのが正直なところだったのです。ところが「ポリフォニック・イリュージョン」は思いがけない展開をSF的なアイディアで手際よくまとめた佳品でした。すでに再開していたSFコンテストからは野阿梓、神林長平、大原まり子といった気鋭の新人が登場し、飛浩隆氏もまたその一翼を担っていただけるかという期待を私は持ったものです。ところが私が面食らったのは、受賞後はほぼ年に一作という、非常にゆったりとしたペースで作品が書かれていったことでした。だからといって、面食らいこそすれ期待を裏切られたという思いはありませんでした。SFマガジン一九八七年四月号に掲載された「夜と泥の」の作品解説で私はこのように書いています。

F&SF誌など海外のSF雑誌をみていると、ごくまれにしか作品を発表しないものの、素晴しい作品を書いている作家が数多くいます。アメリカSF界の層の厚さはそうした作家の存在に負うところが大きいでしょう。飛さんのような作家の活躍は、ようやく日本のSF界にも層の厚みができたということの証明なのかもしれません。

この当時、SF界は先輩作家達が大手出版社で活躍していたこともあり、小説を書くのなら専業作家を目指さなければという風潮があったように思います。もちろん、力量もありまた小説ばかりではなくエッセイや評論などの仕事もあわせて、著述業を専門にする方もいらっしゃいました。また、若手の作家を応援するつもりなのでしょうが、専業作家となることを勧める作家もいらっしゃいました。

しかし、専業作家は生活のために書かなければなりません。アイディアを熟成する余裕をもてなくなりがちですし、売りやすい作品を書こうという気持から実験的な作品、趣味的な作品が書かれづらくなってしまいます。編集者として数多くの作家の方を見ていた私は、そうした風潮に疑問を持っていました。そこで飛浩隆氏にも、ご自分のペースで書いていただくことがよいと考え、無理に専業作家になることはないと申し上げたように思います。

私がSF界から離れた翌年の一九九二年にSFマガジンに掲載された「デュオ」を最後に、飛浩隆氏はしばらく活動を休止されていたようです。いたようですという言い方も失礼きわまりないのですが、その当時は芝居のプロデュース業をしていた私は、SF界の動向にはまったくうとい状態だったのでした。

しかしその後の活躍は次の通りです。

二〇〇六年「象《かたど》られた力」で第三六回星雲賞日本短編部門、中編集『象られた力』で第二六回日本SF大賞を受賞。二〇〇七年『ラギッド・ガール　廃園の天使Ⅱ』で第六回センス・オブ・ジェンダー賞大賞受賞。二〇一〇年「自生の夢」で第四一回星雲賞日本短編部門を受賞。二〇一五年「海の指」で第四六回星雲賞日本短編部門を受賞。二〇一八年『自生の夢』で第三八回日本SF大賞を受賞。二〇一九年『零號琴』で第五〇回星雲賞日本長編部門を受賞。

じつに目覚ましい活躍ぶりです。

作家の誰それは編集者の誰それが育てた、あるいはあの作家はあの雑誌によって育てられたなどと言われることがあります。あの作家は俺が育てたなどと口にする方も実際いらっしゃいました。しかし、私は編集者に出来ることはせいぜいが作家となる方にチャンスを提供すること、あとは邪魔をしないことだと考えていました。

それに関連して思いだすことがあります。先に書いた三大ＳＦコンテストの小説部門に山田純代という女子大生が「カローンの蜘蛛」という作品で応募しましたが、一次選考を通過することも出来ませんでした。しかし、この女子大生はやがて中島梓の筆名で群像新人文学賞評論部門を、栗本薫の筆名で江戸川乱歩賞を受賞して華々しく世の中に出て来ました。「カローンの蜘蛛」もやがて出版され、いまも読みつづけられています。コンテストを一次選考で落ちようが、力のある人はいずれ必ず世に出るものだということです。

そして、飛浩隆氏もまた我が道を行き、見事に開花していまや重鎮と呼ばれるにふさわしい作家となったのです。

（いまおか・きよし／元ＳＦマガジン編集長）

本書は二〇一八年五月、河出書房新社より刊行された単行本『ポリフォニック・イリュージョン　初期作品＋批評集成』の第一部を文庫化したものです。

単行本未収録の五編をボーナストラックとして追加収録しました。

# ポリフォニック・イリュージョン

飛浩隆《とびひろたか》初期《しょき》作品集《さくひんしゅう》

二〇二一年一〇月一〇日　初版印刷
二〇二一年一〇月二〇日　初版発行

著　者　飛浩隆《とびひろたか》
発行者　小野寺優
発行所　株式会社河出書房新社
〒一五一－〇〇五一
東京都渋谷区千駄ヶ谷二－三二－二
電話〇三－三四〇四－八六一一（編集）
〇三－三四〇四－一二〇一（営業）
https://www.kawade.co.jp/

ロゴ・表紙デザイン　粟津潔
本文フォーマット　佐々木暁
本文組版　株式会社キャップス
印刷・製本　凸版印刷株式会社



Printed in Japan　ISBN978-4-309-41846-9

## 自生の夢

飛浩隆　41725-7

73人を言葉だけで死に追いやった稀代の殺人者が、怪物〈忌字禍〉を滅ぼすために、いま召還される。10年代の日本ＳＦを代表する作品集。第38回日本ＳＦ大賞受賞。

## 星を創る者たち

谷甲州　41580-2

どんな危機でも知恵と勇気で乗り越える、現場で活躍するヒーローたち。宇宙土木ＳＦとして名高い太陽系開拓史。驚愕の大どんでん返しが待つ最終話で、第四十五回星雲賞日本短編部門を受賞。

## カメリ

北野勇作　41458-4

世界からヒトが消えた世界のカフェで、カメリは推論する。幸せってなんだろう？　カフェを訪れる客、ヒトデナシたちに喜んでほしいから、今日もカメリは奇跡を起こす。心温まるすこし不思議な連作短編。

## シャッフル航法

円城塔　41635-9

ハートの国で、わたしとあなたが、ボコボコガンガン、支離滅裂に。世界の果ての青春、宇宙一の料理に秘められた過去、主人公連続殺人事件……甘美で繊細、壮大でボンクラ、極上の作品集。

## NOVA＋　屍者たちの帝国

大森望〔責任編集〕　41407-2

『屍者の帝国』映画化記念、完全新作アンソロジー。北原尚彦、坂永雄一、高野史緒、津原泰水、仁木稔、藤井太洋、宮部みゆき、山田正紀の各氏による全八篇。円城塔インタビューも特別収録。

## NOVA＋　バベル

大森望〔責任編集〕　41322-8

日本ＳＦ大賞特別賞を受賞した画期的アンソロジー、復活。完全新作・オール読切。参加者は、円城塔、月村了衛、西島伝法、野﨑まど、長谷敏司、藤井太洋、宮内悠介、宮部みゆきの豪華８人。